股間《こかん》

江本純子

リトルモア

股間

目次

写真　神蔵美子
装幀　two minute warning

股間
こかん

第1章
失恋までの片思い

とにかく漠然と、演劇をやることを志していた。具体的な目論みなど本当に何もなかったのだからそれは不思議な感情だった。

一九九七年春、東京・池袋にある私立大学に入学した私は、その漠然とした感情の在り処を確かめようと、演劇サークルの部室のドアを叩いた。

ドアには白いキャデラックのポスターが堂々と恥ずかしげもなく貼られていて、そこに手書き文字でデカデカと、「劇団セドリック」と紫色のマジックで書かれていた。悪趣味なのかナンセンスなのかどちらともとれず、少々困惑しつつも、大学内には数少ない演劇サークルのうちの一つだからと、とりあえずの気持ちでドアをノックした。

「どうぞー」

ヤンキー趣味の厳《いか》つい男性に招き入れられるものと腹をくくっていたのだが、意外にもさっぱりとした女性の声がしたので、私は少し緊張を緩ませてからドアを開けることができた。

中に入ると室内は縦長で六畳くらいの広さだった。一番奥には舞台衣裳が入っていると思われるケースと、ケースから飛び出した衣裳の数々が無理矢理積まれ、壁沿いに立てられた棚にはCDやビデオテープの類《たぐい》が乱雑に並べられ、中央に配置された無駄に広いテーブルの上はなんだかわからないノートやファイルやクッキーの缶だのが散らかっていて、およそ隙間がなかった。

――掃き溜めのようだな。

嫌悪感よりも先に諦めを感じた。

室内のベンチには声の主と思われる女性が座っている。窓から西陽がきれいに差し込んでいたこともあってか、その部屋に漫然と立ちこめる杜撰で投げやりな空気も「なんだかいい感じ」と思わせる佇まいだった。化粧っ気がなく、オーガニック生活をこよなく愛していそうな、異国にいたら間違いなくガンジャでも吸ってそうなその人は、茶色い髪のショートカットで鮮やかなブルーのカーディガンを羽織り、古着のロングスカートをキュートに着こなしていた。そばに放られたレスポートサックのグリーンのカバンと麻のジャケットもいい具合だ。アンニュイでもなく活発そうでもなく、至って自然体の様子で、彼女はパチパチと睫毛を動かしながら、サークルで主催する劇団公演についての説明を淡々と始めた。

「うちの大学に演劇サークルは三つあって、うち以外の他の二つは、コメディで熱い感じのお芝居を割とやってるところと、もう一つはSFとか時代劇みたいなのを割と真面目にやってる感じのとこ。二つとも団員は割とたくさんいるけどね、うちは団員は六、七人くらいしかいなくて、やっているお芝居は不条理劇っぽい感じって割とよく言われるかなぁ」

彼女は「割と」が口癖のようだった。

ところで不条理劇って何？　とその時は思った。しかし不条理劇の意味を聞くタイミングも与えず、彼女は話しつづけた。

「だから、いる人の雰囲気とかも含めて、とにかく自分に合ったところに入ったらいいよ。ちなみにうちの人間は割と退廃的でちょっと世を儚んでいるような人が多いけど……そうですよね？」

彼女は、奥の衣裳ケースの前にギターを抱えて座っていた、何者だかわからない男に相槌を求めた。

「あ、祖父江さんです。劇団のＯＢ」

「祖父江さん」と呼ばれたそのＯＢは、タータンチェックのネルシャツの上にジージャンを羽織って、色の落ちたジーンズを穿いていた。顔は整っていて一見渋い二枚目風だけど、よくよく観察すると、その風貌には時代錯誤なムードを印象づけるポイントがあちこちに散らばっていた。彼のヒゲは「屋根の上のバイオリン弾き」並に濃く、イスラエル人並に天然パーマだ。そして腕にはラスタカラーのリストバンド。あとで知ったことだが祖父江さんは尾崎豊を敬愛していて、この時も「うんうん」と相槌を打ちながら、どこかで聞いたことのある尾崎豊の曲のメロディーをぽろりぽろりと遠慮気味に奏でていた。ニコリと笑顔を見せたその表情は、退廃的どころか、十分に爽やかだった。

演劇サークルのいくつかを見学する前に、私は知り合ったばかりの同級生に引っ張られて、テニスサークル（略して「テニサ」と言うらしい）の部室にも立ち寄っていた。

そこは、新入生の来室をおぞましいほどの騒がしさで迎え入れていた。そして、体臭だか安い香水だかわからない妙な匂いを放散させたホスト崩れのような男子学生が馴れ馴れしく近寄ってきて、ホステスを勧誘するかのようなむず痒いテンションでまくしたてるのだった。

「あ、ここにサイン書いてね！　君いくつ？　何学科？　〇〇先生知ってる？　どこ住んでるの？」

「……」

私はそのまま押し黙って「テニサ」をあとにした。

「テニサ」のあとには、校門に「稽古見学歓迎！」と書いた立て看板を並べていた演劇サークルの稽古場を見学しにいった。先程の彼女が「コメディで熱い」と形容した方の劇団だ。肉体練習を見せられ辟易し、エチュードという即興でセリフをまわす稽古を眺めていたら背筋が寒くなった。

「うちはみんな仲がいいから、誰でも安心して入れるよ」

身の毛もよだつような寒々しいパントマイムを自慢げに披露していた男子学生が、汗を飛ばしながら近寄ってくる様子を察知すると、私は壁にジリジリと後退し、出口のドアノブを探し当てたと同時に稽古場の外へ飛び出したのだった。

演劇は「寒いものなのかもしれない」と、演劇サークルに入る気持ちが少し遠のきかけた。肩を落として四階にあったその稽古場を出てエレベーターに乗ろうとしたその時に、エレベーター脇に「劇団セドリック」のドアを見つけたのだ。そして警戒しながらも「一か八か」で「とりあえず」ドアを叩いたのだった。

「他のも見て、ゆっくり考えたらいいよ」

他のサークルはどこもかしこも新入生の獲得を目論んで盛んに勧誘を呼びかけているのに、出店もせず看板も出さず、荒んだ部室でのんびりといつ来るかもわからない訪ね人を待つ、この劇団の特異なムードを私は好きになりはじめていた。

そして、目の前にいる彼女のことをやっぱり素敵だと思った。オシャレだし、可愛いし、話も面白い。この大学に入って初めて魅力的な人に出会った気がした。

――この人と仲良くしたいなと、また漠然と思った。

私は決断した。

「他のも見たんですけど、ここに入ります」

「え。あ、いいの？　ここで？　一晩考えなくていいの？」

「ここがいいという気がすごくするので、決めます」

「ほんとに？　じゃ宜しくお願いします」

「宜しくお願いします」

彼女のラフなおじぎに合わせて、私もペコリと頭を下げた。

「よかった、新入生が入って。今年部員が集まらなかったらいよいよ潰れるところだもん」

嬉しそうに笑う彼女。笑顔はやんちゃで少し卑屈そうでもある。

彼女の名前は奥日光ミヤと言った。「ミヤはー、ミヤはー」と彼女の話の中によく「ミヤ」という人が登場するので、最初は誰のことかと思っていたが、どうやら彼女にとっては自分の名前である「ミヤ」というのが「私」という意味の一人称であるらしかった。初対面の人に対しても前置きなく「ミヤはね」と話しかけるその屈託のなさにも、私は好感を持った。

私は入団希望者ノートの項目に従って自分の名前と連絡先を記し、ミヤさんに差し出した。

「重信ジュリ、ちゃんね。あ、ミヤの三コ下か。現役か、ミヤは二浪してるからね」

大学二年生にしては落ち着いている気がしたのも、歳が三つ上だということで納得した。高校を卒業したばかりの十八歳の私には、二十一歳のミヤさんはとても大人っぽい女性として映っていた。


この日から、私の演劇生活はスタートした。と同時に目の前に現れた素敵な女性・ミヤさんに対する恋愛感情もスタートしていた。「演劇」が先なのか「恋愛」が先なのかわからない、ほぼ同時スタートだ。ミヤさんが現れなければ、演劇を始めていなかったかもしれないし、仮に始めていたとしても、ミヤさんがいなければ、どっぷりと演劇に浸かることはなかったかもしれない。

演劇が好きだったのか、演劇サークルにいるミヤさんが好きだったのか、今でもわからない。いずれにしろ、演劇を始めて最初の数年間はミヤさんがいなければ、私の「演劇」は成立していなかっただろう。

それから私の大学生活は演劇一色になった。千葉の実家で高校生活三年間をほぼ受験勉強に費やし、無事に有名私立大学に進学した娘に両親はご満悦だった。それも束の間、大学に入った途端、突然変異のごとく劇団生活を始めた私を、両親は責めたて、悲しみに暮れた。

「劇団に入れるために受験勉強をさせたつもりはないのよ！」

ママは怒り、嘆きつづけた。

私は両親が悲しむのを少しでも慰める気持ちで、最初のうちこそ授業に少しだけ出席したものだが、面白いと思える授業は何一つなかった。きっと興味がなかったのだ。

クラスでは爽快なほど友達ができなかった。学食の賑わいの中、一人で昼食を食べるのが苦痛な時は、決まってサークルの部室に行った。部室が授業から逃げるのに最適な場所だとわかると、もっと授業に出なくなり、劇団の稽古がない日も部室に行って、時間を潰すようになった。瞬く間に、部室での引きこもり生活が完成された。

部室にはたまに授業をサボりに団員達がやってくる。団員が来るとお喋りをし、一人でいる時はマンガ本を読むか、テレビを見る。時間を浪費していることは明らかだった。勉学を捨てた私は、慢性的な堕落生活に陥った。

稽古が始まる時間は、堕落から抜け出ることができる唯一の時間だった。私の一日は夕方から始まる数時間の稽古によってしか、動いていなかった。私にとって大学はつまらない落胆の場所でしかなかったが、稽古だけは楽しかったのだ。

稽古が終わると毎日のようにみんなで飲みにいった。終電がなくなるまで飲みつづけた時は誰かの、

「今日はオールする？」

のひとことで、始発の時間までカラオケをするという定番コースがあった。「オール」ばかりしていた私は、親からもらったお小遣いを全て交遊費に垂れ流していた。

「辞書買うから三万円ちょうだい」

私はグレたばかりの高校生のようにママにお小遣いをねだりはじめた。

そうやって荒れた劇団生活にすんなりと身を浸からせた甲斐あって、私とミヤさんは日を追うごとに仲良しになった。

ミヤさんにはとにかく「天性」としか思えない不思議な魅力があった。恋人が絶えず替わる、恋多き人でもあった。性格は「テキトー」のひとことに尽きる。時間にルーズでしょっちゅう遅刻するのに、

「ごめんごめん」

と彼女がにこやかに謝るだけで、誰もが許してしまう。団員は全員、彼女の天真爛漫で自由気ままな性格を愛していた。

オーディオ製品とICチップの開発と研究を続けている父（東大卒）と大学教授で社会心理学を研究しつづける母（東大卒）を持ち、祖父は紳士録にその名を記載される大蔵省の元官僚（東大卒）というエリート一家に育ったミヤさんは、広尾の有名億ションに住まうお嬢様でもあった。そのためか、性格にただならぬゆとりを感じさせ、そのゆとりはまた、彼女の母性を強めているようでもあった。

その母性から湧き出る優しさは、困った人がいたら手を差し伸べてあげるところまではマザーテレサと一緒のようだったが、手を差し伸べただけで自分では処理しないというところは、道で拾った子猫の面倒を最後まで見ない無邪気な子供と一緒だった。

「この間クラブで会った芸人志望の男の子がいるんだけど、芝居やりたいらしくって、今度のセドリック公演に出てもらってもいいよね？」

ミヤさんは毎回のようにどこかで知り合った身元の危ういい人を連れてきては団員を困らせるのだった。ミヤさんが連れてくる人は、だいたいが酒乱であったり、変態であったり、とにかく問題のある人が多かった。彼らが問題を起こす時、ミヤさんはたいていその場にいないことが多く、とばっちりを受けた団員達が後日ミヤさんを責めると、決まってこう言う。

「そんな悪い人だって知らなかったもん。でもきっと根はいい人だよ」

なるべくなら関わりたくないような明らかな変人達を「いい人」だと信じてフォローもする、

清らかな人でもあった。

また私は、ファッションやアートの情報に長けていて、どことなくセンスのよさを感じさせるミヤさんの趣味から、少しでも多くの影響を受けようとした。

ミヤさんはよく古着を好んで着ていたので、いつしか私も古着を着るようになった。クローゼットにたまった私の薄汚れた古着を目にしたママは、

「こんな汚い服着ないで、もっと女子アナみたいな清楚な格好してちょうだいっ」

と喚きだし、古着に灯油を振りかけて家の焼却炉にそれを放り込んだ。マッチに火をつけ、またそれを放り込むと、古着はメラメラと炎をあげて燃えつづけた。古着は灰となって消えたが、私のミヤさんに対する憧れはまだまだ燃えつづけた。

音楽にほとんど興味なかった私は、やはりミヤさんが好きなハードコアとテクノのＣＤを買い集めた。ミヤさんが、

「今日稽古終ったら夜はクラブに行かない？」

と言えば、なんのクラブだかよくわからなくてもあとをついて行き、ミヤさんが踊るように私も踊った。私はフレキシブルで、ある意味模倣に長けた人間だった。

「ミヤと重信は最近よく似てきたなぁ。喋り方も口癖もそっくりだ」

セドリックの団員達は私達の姿を見比べてはよく感心していた。

とにかくミヤさんにコバンザメのようにくっついて、どこへでも一緒に遊びにいっていたのだから、そうなるのも自然なことだった。私がセドリックに入団したその年は、新入生が私と柴崎という男子の二人しかいなかったこともあって、ミヤさんも率先して私を可愛がってくれたのだ。

「ジュリちゃんは恋人みたいだね。ジュリちゃんが男の子だったら絶対恋人になっているよ」

ミヤさんはこんな悩ましいこともちょくちょく口にするのだった。そんな時、私はミヤさんに対するほのかな恋心が胸を掻き乱し、ハートが蝕まれていくような錯覚に陥ったりもしたが、ぐっと堪えていた。

一緒にお芝居を観たり、買い物に行ったり、常に行動を共にするうち、いつの間にかミヤさんと私は最良の友人関係になっていたのだ。友人関係は信頼関係でもあった。ミヤさんには恋人がいたし、私にも高校時代から付き合っているどうでもいい男子がいたこともあって、恋心に性的な気持ちが加わっていくのはもっとあとのことだった。サークルの飲み会に彼女がいないと淋しかったり、二日間続けて同じ服を着て稽古場に現れた日にはがっかりしたりもしたが、それは友情と恋情の間の友愛のような、そんな気持ちからだろうと、まだタカをくっていた。

しかし六月、私が初めて参加したセドリック公演が終わる頃、私はミヤさんに対する完全な恋心を認めざるをえなくなった。これまでは稽古や公演の準備があったからこそ毎日のように会えたが、稽古がなくなるこれからは、会う機会が激減するだろう。ミヤさんに会えないことを思うと、いたたまれぬほど淋しい気持ちになった。私は授業には出なくとも大学には一応通っていたが、相当な自堕落者のミヤさんは大学にもほとんど来なくなるだろう。

案の定、大学でミヤさんを見かけることはなくなった。ミヤさんは昼間、恵比寿の洋服屋でアルバイトを始め、恋人も変わり、なんやかんやと忙しい毎日を過ごしているということが団員達の噂話から判明した。私は高校時代から付き合っていたどうでもいい男子・堂出本伊井也と、公演が終ってから二度映画デートをしたあとで、「やっぱどうでもいいや」と交際を絶った。

今まで通り部室で待っていてもミヤさんは来ないということがわかると、私は時間潰しに、半端な調子でこそこそと授業に顔を出すようになった。授業のあとも暇を持て余していたので、早稲田や下北沢に通って小劇場のお芝居を毎日のように観にいった。人気があると言われていた小劇団はほとんど観た。大学に入るまで、生の舞台を観たことがなかったから、最初のうちは新鮮だった。次第に「面白いもの」「好きなもの」「面白くないもの」「嫌いなもの」を自分で区別できるようになり、「一通り観た」と言える範囲を超すと、限られた劇団や好きな俳優が出ているものにしか出向かなくなり、また暇を持て余す日々となった。

そうして夏が過ぎて秋になると、ミヤさんとの距離を縮めるキッカケとなる、ある事件が起こった。

季節変わりの景気づけにと、私は髪型をソフトドレッドに変え、再びミヤさんに会える日々を意気揚々と待ち構えていた。私のソフトドレットを見るなりママは怒り心頭で泣き叫んだ。

「なんなのその乞食みたいな髪型は！」

動揺が納まらないママは明くる日から、「近所の人に見られたら恥ずかしい」という理由で、私を駅まで車で強制的に送り迎えしはじめた。毎日車の中で助手席に座る私の髪型をちらちら、ちらちらと確認しながら説教を繰り返していたその時、私の髪型へのよそ見がまんまと仇となり、出前中の蕎麦屋をポーンッとはねてしまったのだ。蕎麦屋はひっくり返り、荷台に積んであったざるそば一式を頭から被ってしまった。まるでブラックコントそのもののような交通事故に、私は不謹慎にも笑ってしまいそうになったが、運転席に座るママがまさか笑うはずもなく、気を動転させたまま、私に叫んだ。

「早く、この場を離れて！　あとは全部ママが処理するから！　行きなさいっ」

まるで、殺人事件の共犯者をかばうような大げさな発言だった。

不幸中の幸いで蕎麦屋は足を複雑骨折したのみ。だが、その後半年間、蕎麦屋は営業停止を余儀なくされ、ママは罰金やら補償問題やらでしばらくごたごたしていた。

「蕎麦屋をはねたのはジュリが変てこな頭にしたからだ」

ママは泣きながら私を責めたてた挙げ句、

「ドレッドをストレートに戻すまで家に帰ってこないでちょうだい」

と期間限定の勘当を宣告してきたのだった。

十一月に行われるセドリック公演の稽古が始まった頃のことだった。家に帰れなくなって途方に暮れた私をミヤさんが助けてくれた。

「ジュリちゃん、ミヤんちが倉庫代わりに借りてるマンションがあるけど、よかったらそこ使っていいよ。なんならミヤも一緒にしばらくそこに泊まるけど」

願ってもないお誘いにすぐさま乗った。私はママの傷心も忘れてミヤさんちの倉庫代わりの、その立派なワンルームマンションに嬉々として荷物を運び込み、本番が終わるまでそこに居候させてもらえるようお願いした。

六本木、旧テレ朝通りから路地に入って麻布十番につながる坂道の途中にそのマンションはあった。大学のある池袋から千葉の自宅までの往復を考えると、同じ都内の六本木から大学に(稽古のために)通えるのは俄然便利であったし、親元から離れた解放感もあって、生活はすこぶる順調な兆しが見えた。ミヤさんも私がマンションに泊まりはじめる日からしばらく一緒に生活してくれることになり、私は舞い上がった。

寝食を共にすることは、前にも増して凝縮した共有時間が訪れるということだ。稽古に通いながら、私はミヤさんと充実した六本木生活を楽しみ抜いた。ある時はテレ朝通り沿いの深夜まで営業しているカフェでお茶をし、またある時は麻布十番で焼肉を食べ、近所の気になるお店を渡り歩いた。稽古でストレスを溜めた時は駅近くのカラオケボックスに飛んでいき、ふと本が読みたくなった時は深夜の青山ブックセンターを徘徊した。土曜の夜は西麻布や青山のクラブに踊りにいき、日曜日はシネヴィヴァンで映画を観るなどして過ごした。

また同棲中の恋人同士のように一緒に自炊をすることもあった。ミヤさんの手料理はとてもおいしく、深夜でも朝でもたっぷり食べてしまうので、お陰で本番直前なのにぷっくりと太ってしまった。

傷心をリハビリ中のママからは、

「髪型は戻しましたか？」

というメッセージが添えられたミカン一箱が届いた。

もちろん夜は、二十平米くらいのワンルームに、一つの布団で一緒に寝るという俄《にわか》な喜びもあった。夜な夜な布団の中で彼女と様々なお喋りもした。ミヤさんは最近付き合いはじめたという韓国人のキムさんの話をよくしてくれた。

「キムさんね、アレがビール瓶並にデカくて、痛いんだよね。こんなだよ」

ミヤさんは片手では足りずに両手で輪を描いて笑う。

「でもミヤはたぶんセックスが好きなんだよね。キムさんにもミヤはセックス上手だねって言われたよ」

屈託なく、いけしゃあしゃあとそんなことを言うものだから、私は複雑な心境と妙な気持ちを押さえるのに精一杯だった。だが、ミヤさんに対する恋愛的な思慕を、押さえることに自然と慣れてしまっていたので、そんな時も同じようにそっと胸にしまい込んだ。


十一月のセドリック公演が終わり、約一月半の六本木生活も終わりを遂げた。私は髪をストレートに戻して、実家に帰り、自動車免許を取るために近所の教習所に通いはじめた。アルバイトも始めた。恵比寿に新しくできたタイ料理屋だ。恵比寿を選んだのはたまたまだが、やはりミヤさんの自宅の近くであり、ミヤさんの都合のよい時にはすぐ会えるようにという目論みも少し、いや結構あったと思う。

しかし、恵比寿でのアルバイトと松戸での教習所通いの両立はかなりハードなもので、結果、ミヤさんに会う機会がほとんどなくなってしまった。

大学では友達ができなかった私になぜかアルバイト先では数人の友達ができ、彼女達と毎晩のように恵比寿周辺で飲み歩くようになった。ミヤさんがいなくても結構楽しい生活を送るようになったのだ。彼女達のほとんどは、ボーカリスト志望、タレント志望、デザイナー志望、家事手伝い志望と、いわゆる「フリーター」が多かった。大学の同級生とは違い、私の演劇活動にも興味を示してくれたので、話がしやすかったのも確かだ。

恵比寿では毎夜「今日は沖縄料理の店に行こう」「明日は魚がおいしい店に行こう」「今度の休みの日には新しくできたイタリアンに行こう」と外食に際限なく、財布の紐は緩みっぱなしだ。そのため、アルバイトのお給料はアルバイト先の友人との遊興費に全て消えてしまうというナンセンスな事態にも陥りがちだった。私は浮かれると締まりがなくなり、際限なく遊んでしまうことを少しばかり反省した。この時期、身も心も締まりがなかった私は、ついに自制心のなさからある厄介な事件を起こした。

「大後悔！　やんなきゃよかった事件」がそれである。

師走。私は教習所で知り合った、同い歳の男子・車弾吉くんとセックスをするに至った。なぜセックスに至ったのか、いま以て不明である。確か一緒に飲んだあとで「まぁいっか」と思ってラブホテルに行ってしまったのだ。ミヤさんのことを想いながら異性とセックスでき

るなんてどうかしてる。今回のことはなかったことにしよう。　　　――私の供述書より

反省した私は翌日クルマくんから何度となくかかってきた電話を無視しつづけていた。プライドを傷つけられたクルマくんには私の「まぁいっか」や「なかったことにしよう」という流れ者精神は全く通用せず、数日後まんまと災いが下った。

ジリリリリン。深夜一時過ぎ、珍しく実家の電話が鳴った。

「こんな時間に……」

ママは訝《いぶか》りながら、電話を取った。

「もしもし？　……あ、はい、おりますよ。ちょっとお待ちくださいね」

なんとも表情のない顔で受話器を私に差し出した。

「ジュリ、車屋さんだって。何？　どこの人？　営業？」

「クルマ、でしょ」

「あ、そうクルマ、クルマさんて言ったかしら」

「いないって言って」

「もういるって言っちゃったわよ」

「いいから、いないんだって」

「言えないわよ。変じゃないそんなの」

私は居留守を諦めた。

「じゃあ、電話には出ないって言って」

「えぇ？　なんなのそれ？　相手に通じるかしら。もう自分で言いなさいよ」

「やだって。いいから言っておいてよ！」

「ちょっと大声出さないでよ。相手に聞こえるでしょう？　はー、もうしょうがないわねぇ」

ママには保留ボタンを押す習慣がなかった。つまりこの会話は全て受話器の向こうのクルマくんに丸聞こえだったのだ。そのことは電話を切ったあとでわかった。

「あの、もしもし？　ジュリね、ちょっと今電話出れないみたいなんですよね。かけ直しさせましょうか？」

「そうですか、じゃ、伝言をお願いします」

「はい、なんでしょう？」

「ジュリさんにラブホテルの代金を半分支払うように言っておいてください」

電話は切れた。ママは泡を吹いて、そのまま床に倒れこんだ。

この事件を機に私は心を改めた。私は酔っ払うと、少し気が大きくなるようだ。常に自制して、お酒もほどほどに。遊んでばかりいると間違いの元凶をそこら中につくってしまうのだから気をつけないと。身と心が緩みやすくなるのは大半が片思いに苦しんでいる時期だった。手の届かない相手を想う苦しみから逃げるように、そばですぐに手に入る快楽や簡単な慰みに身を埋めてしまうのだ。できれば片思いなんて闇は訪れてほしくない。私は我慢したり待ったり堪えたりすることができない甲斐性の乏しい人間なのだ。

私はミヤさんに対する気持ちをどうにかして整理したかった。

「父ちゃんが栃木に自分で別荘を建てているんだけど、遊びにこない？」

年末に差しかかる頃、ミヤさんから久しぶりに電話があった。

私は二つ返事で了承した。ミヤさんからの誘いは断ったことがない。

「ほんと？　じゃあ明日池袋の丸井前にいてくれる？　父ちゃんのベンベー（BMW）でそこまで迎えにいくね」

ミヤさんは電話を切る際にもうひとこと付け加えた。

「でもまだ建設中の別荘なんだけど、泊まることはできるからさ」

建設中ってどういうこと？　と少し気にかかることはあったが、ミヤさんと会える嬉しさがそれを打ち消し、私はすぐさま仕度して翌日、父ちゃんのベンベーとやらに飛び乗り同行した。

冬の栃木は異常に寒い。別荘は、なんと「父ちゃん（東大卒）」が日曜大工で本当につくっている最中だった。泊まるはずのログハウスは、まさかとは思ったが、まだ屋根が張られていない状態。

「父ちゃんが、屋根を張るのに人手がいるから友達じゃんじゃん連れてこいって」

それではただのボランティア労働ではあるまいか。

「柴崎くんにも声かけたんだけど、バイトで忙しいって。ジュリちゃんが来てくれて助かったよ。今日は妹も来ているから。妹がごはんつくってくれるよ」

妹、と呼ばれる十二歳の野生的なエルザちゃんが、ミヤさんの背後からちょこんと現れた。

「仲良くしてね」

子供は苦手だったが、十二歳ながら意外とミヤさんよりもしっかりしている様子の野性的なエルザちゃんの助手となり、私は屋根張りを泣く泣く手伝いはじめた。小雨降る中、寒さでかじかんだ手を使っての屋根張り労働は非常に過酷なものであった。しかもエンジニア気質全開の父ちゃん（東大卒）はちょっと怖い人で、微妙な気を遣う。夕食はおいしかったが、気を遣い通しの一日であった。夜、「子供達のために」と父ちゃんは三つの布団を敷いてくれたのだが、私にと敷かれた布団の電気毛布がたまたま壊れていたようで、「あったかい」「あったかい」と喜ぶミヤさんとエルザちゃんの隣で「私は全くあったかくない」と思いながら黙って目を閉じた。でもそれに対しても、

「すみません、電気毛布壊れてるみたいなんですけど」

と言うのが面倒なほど、気疲れしていた。

この「騙された！　栃木別荘事件」以来、ミヤさんに対して抱いていた恋心を少し落ち着かせることができた。

「私よ、冷静になれ」

私は自分に言い聞かせた。会うと熱烈な想いを自覚してしまうのは仕方ないとして、会わない時は忘れることにした。もう苦しむのは御免だ。

私は今まで以上にフルタイムでアルバイトを入れはじめ、エルザちゃんに借りたファイナルファンタジーにハマりながら、春までの日々を過ごした。


ミヤさんと出会って一年が経ち、再び春。新入生の勧誘が始まる時期だ。昨年ミヤさんが部室で新入生を待っていたように、私もまた牢名主ばりに腕を組み、部室で新入生を迎える態勢を整えた。相変わらず劇団セドリックの入団希望者はなかなか現れず、退屈を凌いでいる時にその少女は現れた。

「入っても、いいですか……？」

か細い声を震わせた、もしゃもしゃのスパイラルパーマをかけた八重歯の可愛い女の子だった。初々しくて甘酸っぱい八重歯付のリンゴのように可愛らしい。

「かぁわぃぃ」

隣にいた、無頼派を気取る柴崎も無意識に呟いてしまうほどだった。

少女はオレンジ色のチークを入れて胸が強調されたタイトなカットソーを着てサブリナパンツを穿き、春なのにもうサンダル、手にはスプリングコートを持っている。まるで春のうららかさそのもののような彼女の出で立ちに、セドリックのメンバー一同の間にマイナスイオンの清流が現れた。だが、その清流は、続く彼女の声高な宣言によって、一瞬にして絶ち消えてしまう。

「私、ニナガワの舞台に立ちたいんです」

全身全霊を込めて、揺るぎない本気を噛みしめていた。

「……」

清流はゲシュタポの強迫に変わり、メンバーは混乱のまま沈黙した。しばらくすると八重歯の少女は自ら口火を切り、早口で喋りはじめた。

「よかった。もう一つの劇団の稽古も見てきたんですけど、そこは熱い感じの人達が多くてコメディっぽいことをやっているん……ですっけ？　ですよね。コメディかどうかはあんまり問題なかったんですけど、ちゃんと肉体訓練をやっている様子だったので、入ろうかなとちょっと思ったんですよね。それでアタシ、〝ニナガワの舞台に立ちたいんですけど〟って言ったらみんな、あの熱い奴らがバカにしたんですよ。せせら笑われました。せせら笑いのどよめきが見事に流れましたよ。全然おかしくないのに。コメディばっかりやってるから、コメディ用のリアクションしかとれないんですかね？　奴ら。とにかく、アタシそれが悔しくて……。ここの人達は何も言わないんですね、なんか安心しました。というわけでアタシ、ここに入ります。ニナガワの舞台に立てるまでがんばります。宜しくお願いします。ペコリ」

ペコリとは口に出してこそ言わなかったが、そんな調子で、陰鬱で排他的な劇団セドリックに、ちょっとハイテンションでおしゃまな感じの、変わった女の子が入部した。この少女・内田ヒデコは、その後、私の演劇人生にはなくてはならない最重要パートナーとなるのだが、それはまだまだ先の話だ。

後輩も入り、私も「ジュリさん」と呼ばれる先輩の身分になり、再び芝居の季節がやってきた。今回の芝居はミヤさんが脚本を書き、演出をすることが決まっている。稽古期間に入る直前、ミヤさんから相談を受けた。

「皆川くんに出てもらいたいんだよね……」

皆川くんとは、例のコメディー中心の熱い劇団のメンバーで、唯一熱くないクールビューティーな男優である。どうやらミヤさんは現在、皆川くんのことが好きなようだった。

「いいんじゃない？　出てもらえば」

私は適当に答えた。それまで彼女の恋愛相手は顔の知らぬ人達だったので、顔を知っている彼に対して、初めて具体的な嫉妬心を感じた。

そうして稽古が始まった。ミヤさんの芝居はそれまで劇団セドリックがやっていたワンシチュエーションの淡々とした不条理劇とは打って変わって、シーン展開がふんだんに施された、華やかなものだった。音楽が多用され、セドリックのメンバー達は慣れないダンスシーンにも挑戦した。件《くだん》の新人ヒデコは「楽しい！　楽しい！」とキャーキャー言いながら取り組み、ミヤさんの意中の男性皆川くんにもすっかり恋心を抱くなど劇団生活をたっぷりと謳歌していた。思ったようにできない時には「悔しい！　悔しい！」と涙を流したり、常に忙しそうだ。

演出家になったミヤさんは、それまで私と共に観て面白かったお芝居からヒントを得て、それらを自分の嗜好に上手に取り込み、劇団セドリックとして今までにはない斬新な作品に仕上げたのだった。芝居の中で皆川くんはかなり重要な役所《やくどころ》だったが、私の役もまた同じくらい目立たせてくれたので、嬉しかったし、もっともっと気に入ってもらおうと、私は努力した。

ミヤさんから皆川くんへの気持ちは時折聞いてはいたが、ミヤさん自身には別に恋人がいたこともあって、タイミングが合わなければそのうち流れていくような想いだったのかもしれない。公演が終ったあとで皆川くんがヒデコと付き合いはじめたことを知ると、ミヤさんの口から皆川くんの名前を聞くことはなくなった。

一方で私のミヤさんに対する恋心はこの芝居を通して完全に再燃してしまった。何が好きなのか、どこが好きなのかもうよくわからない、第一印象の通り天性の魅力がある人なのだ。ミヤさんの一番の魅力は「愛嬌」かもしれない。例えばお芝居に対しても一途で前向きなのだが、ふとした時にすぐ投げだしたり、詰めが甘かったりする。その詰めの甘さによってこぼれてしまったものを、私は掬ってあげたかった。そして努力家ではあるが、最後までストイックさを貫けない甲斐性の緩さがある。ミヤさんは芝居をしている時以外は全体的にユルユルでのんびり屋さんだった。


ミヤさんとは一度だけセックスをしたことがある。

その時、私達は小田原にいた。

セドリックの公演が終って間もない頃のある日のこと。

「どこか遠くに行きたい」

夕方、部室にいる時、唐突にミヤさんが言いだした。ミヤさんは何かあったのか落ち込んでいる様子で、珍しく暗い表情をしていた。

「ジュリちゃん、ミヤと一緒について来てくれる？」

「いいよ、ついて行くよ」

ミヤさんと私は電車に乗り、新宿で小田急線に乗り換えた。小田急線に揺られて数時間後、終点の小田原駅に到着した。

店のシャッターはほとんど閉まり、人気《ひとけ》がまるでなかった。観光地の賑やかさを想像して降りたった私達は少なからずショックを受けた。それもそのはず、平日の夜、二十二時を過ぎていた。潮と干物のしょっぱい匂いだけが、薄暗い商店街を包み込んでいる。入れる店もなく、私達は立ち往生した。

「とりあえずさ、海辺に行こうよ」

ミヤさんが言った。私達は途中にあったコンビニでビールとワインとつまみを買いこみ、海辺と思われる方向に向かって歩きだした。

海辺に着いたものの、海は真っ暗で何も見えなかった。砂浜には、車高の低い暴走族仕様の車と、その持ち主である暴走族達が恐怖心を煽るようにちらほらとたむろしている。

「目が合ったら間違いなくレイプされるね」

「目が合わなくても連中の気分次第でレイプされるよ」

ミヤさんと私はこそこそと移動した。

少し離れたところに砂浜とつながる小さな公園を見つけた。二十三時を過ぎて、新宿に向かう終電があるのかないのか微妙な時間帯になっていた。

「急に来ちゃったからホテルに泊まるお金も持ってないや。ジュリちゃん持ってる？」

「持ってない。三千円くらいしか持ってないよ」

「あ、ミヤもそんなもんだ。じゃあ、今日は野宿しよっか」

すんなりと「野宿」という提案が出てきて驚いたが、ミヤさんはそういうわけのわからないことを急に発動する人でもあった。相手が好きな人ではなかったら、私は断固として野宿を拒否するが、ミヤさんが相手だと、真夜中の何もなくて心もとない公園でも付き合うことができるのだ。

波の音が聞こえる砂浜に横たわりながら、缶ビールを飲みはじめた。

私はお酒を飲んで体温が上昇したのを確認しながら、ミヤさんに告白をすることにした。

「私、ミヤさんのこと好きだよ」

私が告白すると、ミヤさんは目を見開いて、驚いた表情を見せた。

「え、え、ミヤもジュリちゃんのこと好きだけど、え、それは女の子として好きだよ」

戸惑いながら、ミヤさんはだんだんと困りはじめている。お酒を飲むと顔が赤らむミヤさんだが、動揺も重なって益々顔が赤らんでいる。告白して、あとには退けない私はミヤさんにキスをした。

「ひゃー。ミヤ、女の子とキスするの初めてだよ」

「私も初めてだよ」

「あぁあ、どうして今日、野宿するなんて言っちゃったんだろう」

ミヤさんは野宿を提案したことを今さら後悔しはじめた。

「ジュリちゃんはミヤとセックスしたいの？」

「うん、したいよ」

「ミヤ、ジュリちゃんのこと好きだけど、ジュリちゃんは女の子だし、付き合うとか考えたことないんだけど」

「うん、別に付き合わなくてもいい。でもセックスはしたい」

「えぇ、できるのかなぁ……」

特に何も考えずに思うがままのキスを続けて、ミヤさんが着ているシャツを脱がせた。下はタンクトップでブラジャーはつけていない。野外だったので、それ以上は脱がさなかった。ミヤさんの乳首は私の乳首よりも硬質で、突起が立派だ。胸の大きさが左右非対称だった。

「左がBで、右がCなんだよね」

というミヤさんの説明を聞き流しながら、私は乳首を噛んだり舐めたりしてみたが、やはり外だということが気になって、あまり長い時間触ったりできなかった。

ミヤさんのパンツのジッパーを下ろし、パンティーの中に手を入れて撫でさすった。私は女の子の性器に触れるのは初めてだったが、考えなくても意外と自然にできることに驚いた。私の脳裏に、以前自動車教習所の教官に言われた「人間には親に教わらなくてもできるものが二つある。車の運転とセックスだ」というセクハラまがいの言葉がふとよぎった。

「んん……」

ほどなくして、ミヤさんは声を上げた。そして少し落ち着いたあとで報告してくれた。

「ミヤ、イったよ。……あぁ、ジュリちゃんにイかされちゃった」

反省しているのか、後悔しているのかわからない様子だった。

その後、野宿をするのに敷物も何も持っていなかったので、公園の四人乗りのブランコに移動して、眠ることになった。二人がけの台座に座り抱き合った時、ミヤさんは言いだした。

「ジュリちゃんのも触っていい？」

「いいよ」

私が返事をすると、ミヤさんは私のパンティーに手を入れ、私がミヤさんにしたのと同じように撫でさすりはじめた。触られはじめてしばらくして、私もイってしまった。全身がぎゅっと痺れるような、ほのかな快楽だった。抱き合ったまま、ブランコの中で眠りについた。

これがセックスと言っていいのか、どうなのかはよくわからない。ただイかせ合っただけのものだった。私は、好きな人とセックスをしたという感動をあまり感じなかった。ミヤさんがどういう気持ちで事に及んだのか、あまりハッキリせず、どちらかといえば「流されて」、「興味本意で」という気もした。だから、喜びよりもあとで付きまとうかもしれない「セックスをしたあとの微妙な関係」への不安ばかりが、重くどんよりとのしかかってくるようだった。


夜が明けて、電車に乗って帰る間、ミヤさんは抜け殻のように呆然としていていた。

「昨日のこと気にしてるの？」

私は折を見て何度かミヤさんに尋ねては気を遣った。ミヤさんは、うんともすんとも言わなかった。

池袋に着いて、部室に行って、授業が始まる時間まで眠っていた。ミヤさんは珍しく授業に行ったが、私は行かなかった。夕方、ミヤさんが全身に疲労を漂わせて戻ってきた。そして思いっきり暗い顔を見せて言ったのだ。

「考えたんだけど、やっぱジュリちゃんとは付き合えないや」

なんとも思わなかった。振られたとも思わなかった。出会った時から振られつづけていたようなものだったから、気持ちの準備は、この一年の間にたっぷりできていた。

その直後、別の団員が部室に入ってきて、その日は三人で駅まで歩いた。その日の夜、ミヤさんから電話がかかってきた。その団員、タイ人女性好きを豪語する川井さんからも「告白された」と言うのだ。

「川井くんとも付き合えないなぁって思った。なんで二人してほぼ同日に告白するかなぁ。もうわけがわかんないよ」

偶然にしては妙なタイミングだったが、私は自分のことはさておき、川井さんについての相談を友人として受けた。

私とミヤさんの関係はそれ以後、何事もなかったかのように今まで通りに続いた。ちなみに川井さんは、ミヤさんに振られた翌月からタイに旅立ってしまい、そのまま帰ってこなかった。


その夏は、ミヤさんと共に芝居に没頭した。私はミヤさんが「行きたい」「やりたい」と言ったものにただついて行っただけだが、その追従心だけで、同時期に二つの芝居に参加した。一つは早稲田の学生が中心となって結成された劇団のパフォーマンス公演、もう一つは女性中心のある劇団の特別公演だった。どちらも観たことがなかったが、ミヤさんが「興味がある」と言うので、私もそれに従って参加した。

ある日、早稲田大学の学食の裏手にある広場で稽古をしていた時のこと。ほんの少しの間カバンを置いていたその隙に、私とミヤさんの財布が盗まれてしまった。私は千葉の自宅から早稲田まで車で通っていたので、その日はミヤさんを広尾の自宅まで送ることになった。

ミヤさんの住むマンションが目と鼻の先まで近づいた時、私はなんだか我慢がならなくなって、ミヤさんを激しはじめた。きっと、それまでの稽古のストレスと、盗難に遭ったことに対するやり場のない怒りも大いに関係していたのだろう。

「私はミヤさんが好きだから、どこにでもついて行くんだよ。早稲田の稽古だって、何やってるんだかよくわからないし、散々だよ。こんな目に遭うなら参加しなきゃよかった」

「ごめんね、私が誘ったからね」

「もうやりたくないよ。ミヤさんに会うのも辛《つら》い。ミヤさんは私がミヤさんのこと好きだってことわかってるんでしょう？」

「でも友達だと思ってるよ」

「ハッキリしてほしいんだけど。普通に友達みたいに振る舞いながら、一人でミヤさんのことで悩んだり、悲しんだりするの、もう限界だよ。ミヤさんが私と恋人になることはないの？」

「うん、ごめん恋人にはなれない。ジュリちゃんを傷つけてるんなら謝る。ごめんね」

「絶対ないのね？」

「うん、ない。ごめん」

「わかった」

ミヤさんは車を降りていった。車を降りて歩いていくミヤさんの姿を見届けず、私はすぐ発進した。涙が出てきたので、近くの路地に停めてしばらく泣いた。泣いても泣いても涙が止らなかったので、泣きながら再び車を発進させ千葉に向かった。コーヒーでも買おうと思ったら、財布がないことを思い出し、まるで泣きっ面に蜂だと思いながらまた涙が出た。

秋になり、劇団セドリックの次の公演は、私が脚本を書き演出をすることになった。脚本を書くのも演出をするのも初めてのことである。性懲りもなく、私はミヤさんを主人公にした。腕のない彫刻とコミュニケーション障害を負った「間《ま》さん」という名前の女性が、脈絡のないコミュニケーションを成立させていくというナンセンスでひどい出来の物語であった。人から譲り受けた古いマッキントッシュで台本を書き、大学のパソコンルームにこもってプリントアウトした。そうしてまた稽古に没頭し、演劇に熱中したのだ。

公演が終わり十二月、私は二十歳になった。誕生日の御祝に、発売されたばかりのｉＭａｃをママに買ってもらい、脚本を書きはじめた。とにかくまた自分で芝居をつくりたかった。短編ばかりを二十編ほど書いた。アルバイトを続け、大学の授業は受けなかった。昨年は十六単位取ったが、大学二年の今年は二単位しか取れなかった。

ミヤさんのことはゆっくりと忘れていくことにした。

第2章
短期決戦

一九九九年、大学三年の春、散々芝居に浪費してきた二年間を取り戻そうと、大学の授業に通いはじめた。六月には、同学年の柴崎が作・演出をする劇団セドリックの初夏公演がある。午前中二時限、午後二時限と、ばっちり授業に出たあとで、夕方からの稽古に参加するという、学業とサークル活動を健康的に充実させた極めて真面目な生活を送っていた。いたのだが、しかし、思わぬアクシンデントが起こった。

台本の進みが悪く、決して順調とは言えない稽古が続いていたある日、演出である柴崎が来るのを待つ間、だらだらとお喋りをしながら柔軟体操をしていた時のことだった。セドリックのメンバーの中でも群を抜く遅刻魔で、かつ冷静沈着な、通称「ポーカーフェイスのおマキ」こと只野マキ（二年生）が、珍しく動揺を露《あらわ》にしながら稽古場にやってきた。

「あののの、さっき〝遅れます〟って柴崎さんに電話をかけたら、お母さまが出て、柴崎さん入院したらしいんです」

え？　え？　と稽古場にいた面々はざわめきだした。

「え、なんで急に？　昨日まで元気に稽古場来てたよね？」

「いやぁ、なんか今朝自転車事故で、病院に運ばれたらしく……」

「事故？　自転車？」

「今、記憶喪失で、面会謝絶だそうです」

「えぇえぇえぇえええ！」

メンバーは騒然となった。みんなが動揺する分、マキは冷静を取りもどした様子で淡々と報告を続けた。

「体はかすり傷一つないらしいんですけど、記憶がないそうです」

全く以てこれは不可解な事件だった。柴崎はその日の未明、自宅近くの道路を自転車で走行中、バイクと接触し、救急車で運ばれた。事故はかすり傷も見つからないほどの軽い接触事故だったらしいが、病院で目を覚ました時、なぜか柴崎は記憶を失ってしまっていたのだった。

福岡の実家から両親と妹が駆けつけたが、柴崎は最初その家族すら誰だかわからなかったらしい。まして芝居や大学のことなど覚えているわけもない。劇団セドリックのメンバー達は、もともと友人とも仲間とも違う、全員が冷めた職場の同期のような、お互いがお互いに無頓着でドライな関係だった。みんな、戸惑いながらも柴崎のことを大いに心配したが、そこから先は踏み込んではいけない領域である気がして、深く追及することを自制し、「お見舞いに行く」という話もうやむやのまま立ち消えた。

狐につままれたようなこの窮地に、目下どう対処するか、セドリックのメンバー達で話し合いの場がもたれた。柴崎はその二日後に両親に連れられ、福岡の病院に強制送還されてしまった。台本も未完成だったので公演を中止にするという話の流れにもなったが、それでは新しく入ったばかりの一年生にとってはせっかくのやる気をくじかれる形になってしまって可哀相だ。芝居に対して非常に前向きで真面目な二年生の四人（マキ、ヒデコ、モモコ、岩本）も中止に同意しなかった。結局その時、柴崎の芝居に参加していたメンバーの中で最年輩であり、唯一演出経験のある私が、必然的にこの公演を仕切り直すことに決まった。

「よし、じゃぁやりましょう！　柴崎の台本と稽古はこの際なかったことにして……あんまり面白くなかったしね！　新しくつくり直しましょう。さっそく明日から台本書いてきますね！」

わ〜と拍手喝采の中、口に出す言葉にはやる気を込めたが実際の心境は複雑だ。あぁ〜これでまた授業に行かなくなってしまう。行かなくなったら咽から手が出るほどほしかったあの単位やこの単位ともさよならだ。あぁ～宿題のレポートや発表課題のレジュメを準備する時間は、台本を書く時間によってまんまと失われていくのだろう……。嗚呼。ちょっぴり涙した。

自宅に帰り、早速部屋にこもって台本を書いていると、コンコンとドアをノックされた。

「お邪魔かな？」

ママが紅茶と苺のショートケーキを持って現れ、パソコンに向かって無心にキーを打ちつづける私の姿を見て微笑んだ。

「やっとやる気になってくれたのね。最近は授業にも出ている様子だし、いい傾向いい傾向」

台本を書いていることは、とりあえず黙っていることにした。


稽古が再開すると、この摩訶不思議な柴崎事件によって完全にミステリー化してしまっていたサークル内の空気が見事に一変した。本番まで残すところあと十日、メンバー間にはこの謎を解決すべく船に同乗してしまったような妙な連帯感が芽生え、芝居に情熱をかける若者達の澄みきった青春の姿がここに誕生した。陰湿で排他的で性格悪そう、と悪名高い劇団セドリックの面々が、この時ばかりは厭世感で淀んだその目の色を、玉虫色に光らせ、ぱきぱきと稽古をこなした。私が稽古場に行くと、意地悪なオバサンの語尾にしか聞こえなかった、今までの

メンバー達の適当すぎる挨拶、

「つざまーす」が、

「おはようございまーす！」

と腰を上げて明瞭に発音されるようにもなった。まるで携帯電話会社の営業部に就職したばかりの新入社員のように元気ハツラツをアピールしてくれた。

日頃悪口を言いまくっていた隣の劇団サークルのメンバーに照明や音響をお願いする時は、ヨックモックの菓子折を持って部室に挨拶にいった。

「本番まで時間がないもので、いろいろとご迷惑をかけるかと思いますが、どうぞ宜しくお願い致します」

下請けの建設会社が施行主に営業する時のように、礼儀正しく深々とお辞儀をした。

私が急遽三日で書き上げた台本は、冬に書きためていた短編の中から幾つか選び、それにメンバー達のエチュード稽古をプラスして再構築したもので、最終的に三本のオムニバス作品ができ上がった。主演を務めるヒデコは感涙していた。

「すごい！　短時間でもこんなに面白い作品はつくれるんですね！　あの時中止にしなくて本当によかったと思います！　私がんばります！」

準備期間が短いため、衣裳や小道具、セットなどは劇団用倉庫にあるものから引っぱり出すなどして、製作時間や費用をやりくりした。

いよいよ本番が近づいたある日、通し稽古を見たあとで、私はみんなにある提案をした。

「この芝居さ、みんな金髪だったらもっと面白くなるんじゃないかなぁ？　みんな金髪にしてたら、なんかテンション高くてパンクっぽくってよくない？」

芝居の内容は金髪には全く関係なかったが、そう思えたのだから仕方ない。私の気まぐれな呟きにも、少々気持ち悪いほどの連帯感が芽生えていたメンバー達は、

「いいじゃん！　いいじゃん！　やりましょう！」

とノリノリで同意してくれたのだった。そうして稽古後に、

「おつかれさまでしたー」

と締める代わりに、調子づいた私は試しに、

「ビバ！　全体主義！」

と唱えてみた。一瞬目を丸くしたメンバー達だったが、

「イエス！　ビバ！　全体主義！」

と、なんの躊躇《ためら》いもなく、すぐに声を揃えてくれた。

明くる日、各自美容院に行って髪の毛を金髪に変えてくると、稽古場の雰囲気がまた一新した。ちなみに以前ピンパーマをかけただけで、交通事故を起こしてしまった私のママはやや譲

歩を見せた対応策を打ち出した。

「家の近所を歩く時と駅から家までの区域は絶対に！　必ず！　何が起こっても！　風が強くても！　その風でヅラが飛ばされて困っている人を見つけても！　決して帽子を取るべからず」

そう言って、髪の毛がすっぽりと隠れる不自然なほどつばの大きい帽子を差し出してきた。

こうして、再度に再度気持ちを改め、本番に臨んだ九九年六月の、劇団セドリック初夏公演は見事に成功したのだった。三本の短編にオープニングとエンディング、幕間芝居、全編通して超ハイテンションの金髪メンバー達が、気が狂ったように踊りまくった歌いまくった、濃厚な暴れ九十分だった。

それまで大学内での演劇公演に、学内の学生達はみんな一様に「演劇なんてダセーよ」と言わんばかりに興味を示さなかった。だが、この公演には、

「フレンチ系アート人の集うサロン」と呼ばれていた美術クラブの面々、

「ベルリン系エンジニア人の集うギャラリー」と呼ばれていた写真クラブの面々、

「ミラノ系オシャレ人の集うアトリエ」と呼ばれていた服飾研究会の面々、

「ロンドン系ブーツ人の集うカフェ」と呼ばれていたＤＪ研究会の面々、

「ジャパニーズ系文化人の集う寄席」と呼ばれていた落語研究会の面々、そして、

「オタク系サブカル人の集うドブ」と呼ばれていた映画研究会の面々と、それらを筆頭に、趣

味趣向の異なる大量の学内生が雪崩のように押しよせた。また終演後、私の元には「次回のセドリックの公演には、ぜひスタッフとして手伝わせてください」と訪れる学生があとを絶たなかった。

さらには「この公演の模様を報じたい」と大学の広報課スタッフから取材を申し込まれた。

「鬼畜系宇宙人の集うブラックホール」

後日、劇団セドリックをそう形容した記事が学内の機関誌に載っていた。

打ち上げでは、満員の観客からの拍手喝采を受けて興奮覚めやらぬメンバー一同が、勝利の美酒に酔い痴れた。

「いやこの公演はほんとによかった！　やってよかった！　中止にしないで本当によかった！　どうしようかと思ったけど、やってよかった！　ビンゴ！　ビンゴだった！　ジュリさんありがとう！　ビバ！　全体主義！　乾杯！」

打ち上げの席でもヒデコは人一倍大げさに感動していたのだった。その時、ヒデコの隣には、見慣れない女の子がちょこんと座っていた。

ベビーフェイスのその女の子は、ヒデコのハイテンションに戸惑いを見せながら、気まずそうにカシスソーダを飲んでいた。ヒデコが酔っ払いはじめて、どこか別のグループに行くと、私は彼女の席の隣になった。

「あ、すみません、お邪魔して」

「誰かの友達？」

「はい、ヒデコちゃんとは演劇の授業が一緒で」

ヒデコの同級生であるという彼女の名前は岩城カズエ。千秋楽の今日、芝居を見てすぐに帰るつもりが、勢い余ったヒデコに呼び止められ、半強制的に打ち上げに連行されてしまったらしい。

「あの、お芝居すっごく面白かったです。私、映画研究会に入っていて、前からセドリックの噂は聞いていたんですが、今回初めて観て、すごいよかったです。私もあいうのやりたいなって思いました」

横に長い六角形をした目が特徴的だった。そして下睫毛が異常に長い。ニコっと笑うと歯列矯正中の針金が見えた。パーマをかけていて一瞬活発そうにも見える。だが、笑顔を見せた時にも、憂いを孕んだ六角形の目がいちいち邪魔をして彼女の顔を決して笑ったようには見せなかった。

演劇をしている時は社会の情勢から置いてけぼりになる。学生である私の最たる社会とは「大学」だ。十日間演劇に熱中したあまり、再び社会に戻るまで少し時間を要した。私の「大学行かない病」正確には「大学行くけど授業は出ない病」は瞬く間に再発してしまった。

公演が終わって間もなく、大学はテスト期間に備えて慌ただしくなった。その慌ただしさにも馴染めず、構内のベンチで痴呆老人のようにぼうっとする日々が続いていた。そんな中、構内で友達と立ち話をしている六角形の目をした岩城カズエの姿を、何度か見かけるようになった。立ち話をしている時の彼女の目は、六角形ではなく、四角形だった。辺が、二つも減っている。通常は四角形で、打ち上げの時は緊張で顔の筋肉がひきつって、六角形になってしまっていたんだと、私は勝手に推測した。

しかし、その推測はすぐに間違いだとわかった。よく見ると彼女は四角い黒ぶちのメガネをかけていた。四角く見えたのは目ではなく、単なるメガネだった。

「あー、メガネもいいなぁ」

ミヤさんに振られてから一年が経過していた。ほとぼりが冷めて、そろそろ、

「そろそろ新しい恋をしてもいいんじゃないか？　重信くん」

恐《こわ》っ。誰？

振り向くと、一カ月半ぶりに会うリハビリ中の柴崎だった。

「や、帰ってきたの？」

「あーよかった。当ったよ重信だって。間違えたらどうしようかと思った」

「あ、そっか。私のこと覚えてたの」

「正確には、覚えてたのではなく、思い出したのだよ」

「そういうもんなんだ。福岡から戻ってきたんだね」

「またすぐに帰らなきゃいけん。今、履修のことやら何やらで一回戻ってきただけだからさ。秋になったら戻ってくるよ。たぶん」

柴崎から少し離れたところに母親らしき女性が立っていた。

「じゃ、今度またゆっくり」

柴崎は爽やかに駆けていった。

柴崎と話している間に、四角いメガネをかけた六角形の目の岩城カズエの姿も消えてしまっていた。


秋になり、柴崎は言っていた通りに、福岡でのリハビリを完了し、大学に戻ってきた。

「悪かったな、その時は。オレしばらく芝居はできないからさ、セドリックは重信に任せたよ。オレ前期の授業全部パァにしちゃったし、後期は授業出なきゃいけん」

柴崎の一人住まいの自宅は広尾にあった。恵比寿でのバイトを続けていた私は終電を逃すとたまに柴崎の自宅に泊めてもらっていた。酔っ払うと柴崎は記憶喪失になった日のことを饒舌に語った。

「怖いのはさ、オレは無傷なのに自転車がぐちゃぐちゃだったんよ、なぜか。警察にも事情聴取されてさ、クスリやってんじゃないの?って疑われて家宅捜査までされて。でも、全然覚えてないの。そこの有栖川公園のとこ、朝、自転車で走っていたことまでは覚えているんだけど。目が覚めたら病院のベッド。記憶喪失の原因はいまだ不明、真相は薮の中である」

有栖川公園は、ミヤさんの自宅と目と鼻の先だ。以前ミヤさんと車の中で「別れ」、正確には私の気持ちの区切りを話し合った時も有栖川公園沿いの道端だった。

「ミヤさん元気? 重信はミヤさんのこと好きだったよな。ま、オレも好きだったけど」

ところで柴崎は俳優の風間杜夫にそっくりで、イッセイ尾形を敬愛している。しっかり者の兄貴分で、夜は焼肉屋の皿洗い、深夜はバーテン、昼はコンビニと三種のアルバイトをきっちりこなしながら授業にもちゃんと出席するような、几帳面で真面目一徹の、男気溢れた九州男児だった。家では腹筋、朝はジョギングと、定期的なトレーニングも欠かさず行い、劇団内では、先輩にも後輩にも適切な振舞いをする、森田健作のような男だ。

ミヤさんのことを好きだったなんて、以前は軽々しく言うような人ではなかったけど、頭を壊してから前よりもざっくばらんになった気もする。

「話すといろいろ思い出すんだよな」

一度記憶を失った柴崎は、相手との会話でいろいろ思い出すらしい。そうして断片的に記憶をつないでいくという。

「こないだも電話がかかってきたんだけど着信の名前見ても誰だかわかんないのね。〝あ〜誰だっけコイツ〜〟と思いながらしばらく会話交わしてから、やっと思い出したもん。でも思い出せない奴もいる。あと、ハズレたりする時もある。でもセドリックの人は覚えているよ。ミヤさんとか。ミヤさん元気？　重信はミヤさんのこと好きだったよな、ってあれ？　これさっきも言ったたな」

「好きだったけどね、恋愛的な気持ちはもうほとんどないよ」

「重信はやっぱり女が好きなの？」

「別に、決めてないけど、あ、でも今気になる子はやっぱ女だわ」

「え、誰？　オレの知ってる子？　あ、でも知っててもたぶん今わかんないや」

柴崎はそう言って頭を抱えてしまった。記憶喪失になった男の脳内の仕組はまるで想像がつかない。

「岩城カズエって知ってる？」

「誰？」

「映研の杉田って、友達だったよね？」

「杉田？　誰だっけ？　クイズ？」

「杉田の後輩の岩城カズエって女の子がね、今気になる」

「あーあーあー、杉田は思い出した。けど、岩城って子は知らん」


十一月の本番に向けて、劇団セドリックの公演準備はすでに始まっていた。柴崎が若くして引退宣言をした今、作・演出を担当するのは唯一の三年生である私。出演するのは前回の公演で自信をつけた一年生と二年生、とほぼ同メンバーだ。二年生で唯一就職活動を考えていた男子、岩本はスタッフとして手伝うことになった。それに加え、私は打ち上げの席で「参加したい」と呟いた岩城カズエを誘い、出演してもらうことにした。さらに、卒業を諦めた四年生のミヤさんも「ジュリちゃんの芝居に出たい」と加わった。

主演は自殺願望を抱えた鬱病患者を演じるヒデコ。私が演じる盲の母親と、盲の息子の愛憎物語を軸に、ヒデコを取り巻く登場人物にミヤさんが演じるセックス依存症、カズエらが演じる分裂病患者が錯綜する。ほぼテンションだけで全編を通した前回公演と打って変わって、陰惨で下品極まりない上に陰鬱な悪意が込められた、観る者も目を瞑るような芝居に仕上がった。

「やってて非常に不快です」

とは稽古中にヒデコが漏らした言葉だ。

「もう芝居が嫌いになりそうです」

本番直前、ヒデコが鬱になった。

「もう二度とジュリさんの芝居には出たくありません」

打ち上げで宣言したヒデコであった。

「そんなことないよ、楽しかったよ」

カズエが助け船を出した。

「ええ？　全っ然楽しくなかったよ。私、稽古中苦しくって、壁に頭打ちつけそうになったことしょっちゅうだったよ」

ぐびぐびとビールを飲みつづけるヒデコ。ストレスはまだ解消されてない様子だ。

「私は普段、映研で、ああいうことやらないから、すごい新鮮だった」

カズエがカシスソーダを飲む。お酒があまり強くないカズエはだいたいいつもカシスソーダだ。そういえば服もいつも紫とか臙脂《えんじ》色とか、カシスっぽい色を着ているが、それはただの偶然だろう。私は稽古中にカズエは臙脂色が好きなのかしら？　と思い、私にはあまり似合わなかった買ったばかりの臙脂色のカーディガンを実験的にプレゼントしたら大層喜んでいたことをふと思い出した。

「あっそ、カズは頭オカしいんじゃないの？」

大酒飲みのヒデコはビールジョッキ片手に別のグループに消えていった。

二人の会話にかすかに聞き耳を立てながら、私はミヤさんと二人で将来的な芝居の話をしていた。ミヤさんは劇団をつくりたいそうで、私と一緒に旗揚げしようと言うのだ。私はミヤさんの芝居の話には気もそぞろで、打ち上げ中はずっとカズエのことを気にかけていた。

稽古を重ねるごとにカズエのことを好きになっていった。正直、カズエの芝居は劇団セドリックの芝居には合わない気がしたが、それは大した問題ではなかった。出番の少ないカズエは、本番中楽屋にいることが多かったので、私は自分の出演シーンが終わると、一人で楽屋にいるカズエの元に突進し、率先してコミュニケーションをとることができたのだ。距離を縮めるには好都合だったともいえよう。


「ジュリちゃんは今回なんでカズを出したの？」

「へ？」

ミヤさんが私をつつく。

「微妙だったよね」

「あぁ、でもたまにはセドリックぽくない人もいてよかったんじゃない？」

適当にごまかす。

「私、三月にも芝居やりたいんだけど、ジュリちゃん出てくれる？」

「あ、うん、出るよ」

「チラシもつくってくれる？」

「え、うん、いいよ」

一度関係を整理してから、ミヤさんとはあまりゆっくり会話を交わしていなかった。しかし、ミヤさんにとって私はいつまでも「なんでも言うことを聞く子」で「自分のことを好きでいてくれる子」に違いない。私は私でそのように期待された役割を演じてしまうところもあるのだが。期待を裏切るのも余計に面倒くさかった。

私にとってはカズエが、言うことを聞いてくれそうな子であった。従順で、悪いことをせず、純真で一途。私がカズエを気にかけたのは、

「私のことを好きになってくれそうな子」

であったからに他ならない。私は片思いの失恋に懲りごりして、想うことよりも「想われる」ことを求めたのだ。

一次会がお開きになってからカラオケに行き、朝になった。明くる日は午後から舞台のバラシ作業がある。実家に住む女子メンバー達は、江古田で一人暮らしをするヒデコの家に泊まりにいくという流れになっていた。カズエもヒデコの家に行くと言う。私に対して最近ちょっとヒステリックなヒデコのことは気になったが、千葉の自宅に戻るのが億劫だったので、私も泊まりにいくことにした。

「ベッドは二人までですね、あとはすみませんが、雑魚寝でお願いします。私は床でテキトーに寝ます」

ヒデコが早々と床についた。もう二人いた女子も床に敷かれた布団に入った。余った私とカズエが同じベッドに寝ることになってしまった。

「……」

ベッドに入ると緊張した。誘うか誘うまいかで、しばらく悩んだが、この胸の高鳴りと闘いつづけるなら、誘ってしまった方が楽な気がした。隣に横たわるカズエはすぐ寝てしまったように見えた。試しに腕をつんつんと突いたら、起きていた。

「あ、ごめん、寝てた？」

「うん、ちょっと寝てたけど、完全には寝てない」

沈黙の時間が訪れる。空気を整えて告白の態勢をつくる間もなく、私は言った。

「あ、あの………、カズのこと、好きなんだけど」

「えっ、ホント？」

「うん、好き」

「あ、あの……私もジュリさんのこと好きだったんだけど」

意外にもすぐに両思いが成立してしまった。あまりにも簡単すぎて驚いた。でも嬉しかった。

ヒデコのベッドの中で、少し遠慮しながらも、キスをして体に触れると、カズエが呟いた。

「あの、私処女なんですけど」

困るべきなのか、なんのか、よくわからなかった。

「大丈夫ですかねぇ？」

「ああ、大丈夫じゃない？」

私はテキトーに答えた。暗がりでカズエの体をよく見ることができなかったが、胸はBカップくらいで、色白で肌がすべすべしていた。処女だからか、乳首はきれいなピンク色だった。


カズエと私はすぐに付き合うことになった。翌日はひとまず何事もなかったかのように舞台セットのバラシ作業で大学に行き、メンバー全員で肉体労働。作業も大詰めになり、学食でひと休みしているとヒデコが近寄ってきた。

「もしかして、昨日カズと何かしちゃいました？　私のベッドで」

「えっ？　なんで？」

「シーツに血がついてたんですけど、何か……しちゃいました？」

「えっ、嘘」

「ホントですー。血がついてました。びっくりしましたけど。何か変なことしましたよね？」

確信を以て迫るヒデコの顔は怒りで目がつり上がって、カズエのそれと同じく六角形になってしまっている。

「あ、ごめん、洗うから」

「いいいいいですよ、もう、自分で洗いますから。金輪際、うちには二度と遊びにこないでくださいね！　ひどいですよひどいですよ……どうして人のうちでそういうことするんですか？しかも血までつけて。ひどいですよっ！」

ヒデコは泣きだしてしまった。泣きながら怒っている。ごめん、ごめんね、ごめんなさい、とヒデコが泣き止むまでひたすら謝りつづけた。

カズエは千葉の市川に住んでいた。私も千葉。お互い実家なので、困ることはたくさんある。セックスをするのはラブホテルかお金がない時はカラオケボックスの中。

カラオケボックスの中でのセックスは決まって情けない気持ちになった。まずドアの向こうを人が歩くたびに気になるから、集中できない。さらに、上衣をまくりあげてオッパイを吸っている時などに「コンコン」とノックされると、もうアウトだ。カラオケボックスの店員のノックはノックの意味をなしていない。「コンコン」と同時に「失礼しまーす」とキレよくドアを開けられる場合がほとんどだ。妙な動きを取り繕う隙が全くない。店員があからさまに見て見ぬふりをしながら飲み物などを置いていったあとで、「何やってんだろう?」と必ず気分が萎えてしまった。

そうして、次に選んだのはお互いの家を行き来する車の中。車もあまり集中できない。夜、人のいない場所を探すのが大変だし、何より狭い。やはり「何やってんだろう?」と思うようになった。

今度はお互いの実家の自分の部屋になった。最初は松戸の私の家が多かったが、中高生時代、ほとんど友達を家に連れてきて遊ぶことがなかった私が毎日のように決まった女の子と帰宅するものだから、ママもさすがに不審がる。

「カズエちゃんとは随分仲がいいのねぇ」

と、よく部屋をのぞきに来た。

不審感を紛らわすため、たまにカズエの家にも泊まりにいった。カズエの部屋でイチャイチ

ヤしていると、カズエのお母さんがやってきて、

「カズエのベッドは小さくて二人で寝るには大変だろうから、パパとママのベッドで寝なさいな。その方がゆったりしてるから」

と、御両親の寝室を案内された。その時はさすがにセックスなどできるわけがなかった。

いずれにしろ、実家でセックスするというのはどうも極まり悪い。実家が面倒になり行き着いた場所は劇団セドリックの部室であった。内鍵をかけられない部室であったから非常にスリリングで、緊張感があった。ある時、大学の構内でヒデコに偶然会うと、キキッと眼を光らせ、駆け寄ってくる。

「ジュリさん、カズと部室でイチャイチャしているのみんな知ってますよ。おかげで、みんな部室に行きづらいんです。いい加減にしてくださいね！　みんなの部室ですよ！　私物化しないでください！」

またしても六角形の目をして怒鳴られた。ヒデコの言うことはごもっともだと反省し、それからは部室で会うことを自粛し、私達は行き場を失った。

カズエとの付き合いは五カ月で終った。三月、ミヤさんが作・演出を手がけるセドリックの公演の稽古が始まった頃には、私は稽古に熱中し、カズエとはあまり連絡をとらなくなった。

なんとなく飽きてしまったのだ。

「どうしてカズと付き合っているの？　どこがいいの？」

ミヤさんからは何度となく聞かれた。

「可愛いから」

私はなんとなくそう答えていたが、ミヤさんは納得がいかない様子だった。

稽古が忙しくなると、カズエとはますます会う時間がなくなり、ほぼ連絡が途絶えた。一度だけ連絡をとってデートをしたことがあったが、私はうまく会話ができず、態度も素っ気なくしてしまったので、もう会えないなと思った。

しかし公演が終わると、私は別の理由でカズエに連絡をとるようになった。カズエの友達で私と同い歳の美大生・滑川さんのことが気になっていたのだ。カズエに連絡するたびに彼女のことばかり聞き出した。鈍感気味のカズエもようやく察知したらしく、私に聞いてきた。

「ジュリさん、滑川さんのこと好きなんでしょ？」

私は正直に頷いた。泣かれると思い身構えたが、カズエはあっけらかんとしていた。

「そうなんだ、いいんじゃない？　今度滑川さんを誘って三人で飲もうよ」

カズエはサバサバと滑川さんに連絡をとりはじめた。美大で油絵を専攻している滑川さんは、顎のラインと鎖骨の感じがなんとなく色っぽい気がして、ちょっといいなと思っていた程度だ。ちゃんと会ったらどう思うのだろう、期待して高田馬場の居酒屋で三人で飲んだ。滑川さんはのんびり屋のマイペース、血液型は確かAB型だった。口元がダッチワイフのそれによく似ていて、私は心の中で彼女のことを「オフェラチオさん」と名づけた。オフェラチオさんはとても気さくで、私がホテルに誘うと、

「あ、え、どうしよう。まぁ……いいですよ、それも」

と気兼ねなく応じてくれたのには驚いた。浅草に住んでいた滑川さんと山手線の帰り道、鶯谷で降りてホテルに行った。なぜかカズエもついて来ていた。

一軒目のホテルでは、フロントで女同士ということで断られた。終電を逃して泊まるところがなくて困った女子達が、単なる安宿代わりに使用するものと思われたようだ。二軒目に向かう時、今度は「ちゃんとセックスで使うから!」ということを強調しよう、と襟元を正して門をくぐった。フロントのオバサンは鍵が差し出される小窓から顔を出して、私達の姿を舐めるようにして見た。

「えぇ? あ、女の子同士? いいよ別に」

カズエの姿も見つけると、オバサンは一瞬考えていた。

「えぇ? あぁ三人なの?」

「いえ、あのちゃんとセックスするんで」

「じゃあ、二部屋借りてね！」

隣同士の部屋を二部屋借りて、エレベーターに乗り込んだ。

部屋に入り、滑川さんがシャワーを浴びたあとで、私もシャワーを浴びた。最初の一時間くらいカズエは隣の部屋でうとうとと寝てしまったようだ。私と滑川さんがセックスをして、一段落ついた頃、カズエがやってきた。

「私、するつもりなかったけど滑川さんとキスしたくなっちゃった」

カズエと滑川さんは抱き合いはじめた。私はソファに座ってそれを眺めた。三人で一緒にすることはなかったが、滑川さんは私のこともカズエのことも受け入れて、二回イっていた。この時、カズエと私はセックスをしなかった。

私はその後、セックス倫理に欠けるこの日の行動を猛烈に反省し、いたたまれない思いで、カズエには誠意を以て別れを告げた。私の心配をよそに、カズエはサッパリとしていた。

「滑川さんの声、すっごくよかったよね！　あんな声出されたら男はイチコロだよね！」

どうやらカズエは滑川さんの方に気持ちが移ったようだ。

それでも私は罪の意識に苛まれつづけ、「恥ずべき私」を拭うことができずに、後日、大学内で偶然に会ったヒデコに罪の告白をした。

「アーメン。私、自分でも信じられないんですけど、かくかくしかじかでカズエを連れて滑川さんと三人でホテルに行っちゃったんです。軽率でした。たぶん酔っ払ってたんですよね。それでホテルではかくかしかじかで、最終的には一つのベッドに三人で寝ました。普通に考えたら、ちょっと気持ち悪いですよね。……トリプルレズプレイ……思い出すと自己嫌悪なんですよ。アーヤダ。……アーメン」

「本当に信じらんないんですけど。最低ですねそれ」

ヒデコが予想通り呆れてくれたので、私は少し救われた気がした。

「で、今度はオフェ、否、滑川さんと付き合うんですか？」

滑川さんとはそれっきり連絡をとっていなかった。滑川さんからも連絡は来なかった。

第3章
大恋愛の始まり

ヒデコのことはいつの間にか好きになっていた。最初は八重歯の可愛い単なる後輩。チークでいつも頬を赤らめて、大声で笑ったり泣いたりしていた。「やっかいそうな子だなぁ」と思っていた。芝居に対しても真面目で、曲がったやり方を許さず、いつも本気で取り組んでいた。

ある芝居でヒデコと目を合わせて会話をするシーンがあった。私が稽古中ずっと目を逸《そ》らしていたら、

「ジュリさん、なんで目を合わせてくれないんですか？」

と怒られたことがある。

「本番はちゃんと合わせるよ」

「ちゃんとやってくださいよ。目を合わせたくらいで照れないでください」と私を窘《たしな》めるのだ。

それから「厳しい子だなぁ」と思うようになった。件《くだん》のカズエとの付き合いでも怒鳴られ、呆れられつづけていたし、芝居でも「ジュリさんの芝居はしんどい」と散々文句を言われていたので、きっと私のことはあまり好いてないのだろうとも思っていた。

またある時、学内でショッキングピンクの派手なスカートを穿いているヒデコの姿を遠くから見かけたので、

「ヒデコちゃーん！」と声をかけたら、

「うわああああああん！　ジュリさぁああん！」

とヒデコが大泣きしながら走ってきた。何事かと尋ねると、

「このスカート買ってすごい後悔しているんです。二万円したんですけど、気に入らなくて、お店に返しにいったら、返品できないって言うんです……うわああああああん！　ジュリさんいりますか？」

「いらない……」

「うわあああああああああん！」

ヒデコの号泣がやまなかったので、私は先輩達が飲んでいた池袋東口にある串焼き屋に連れていき、ワインを飲ませたらヒデコはケロっと機嫌を直した。「大変な子だなぁ」と思った。

ヒデコは私のミヤさんへの片思いやカズエとの短期恋愛、はたまた滑川さんとのアバンチュ

ールのことまで、全て知っていたので、

「聞かなくてもジュリさんのことならなんでも知ってますよ」

と言う数少ない私の相談相手であった。そうして徐々にヒデコの存在は私にはなくてはならない、信頼の女性となっていった。それが恋愛感情に形を変えたのは、ミヤさんもカズエも滑川さんも私の前から姿を消した時だった。私の前にはヒデコがいて、ヒデコの横には私がいた。この先一緒に時間を過ごすパートナーは、ヒデコ以外には全く考えられなかった。

付き合いが始まってからは、惚れて惚れて惚れ尽くした、まさしく大恋愛。私が今後、別の人と恋愛をしたとしてもヒデコのことは一生愛していく。別れた今でも遠くにいる家族のように感じる。私が大人になってから自分でつくった家族の一人として、いつの時も愛していたい。

ヒデコとの恋愛が始まったのは私が二十一歳の初夏、ヒデコは二十歳だった。ヒデコと会うまでにしてきた恋愛は、相手には申し訳ないが偽物だった。私はヒデコと付き合って初めて恋愛をした気がしたし、それはまさしくお互いが胸を張って「恋人」と呼び合える関係であった。

二〇〇〇年春、また芝居の季節がやってきた。私はこの秋に自分の劇団を旗揚げし、大学を卒業してからも演劇を続けていくことを決めていた。だから今回行う初夏のセドリック公演は学生として最後の公演になる。秋に旗揚げする劇団の名は「毛布教」。毛布の肌触りがこの世で一番好きな私だから「毛布」、と、「もう不況」で困ったなぁ、をかけ合わせ、「毛布教」。毛布教の旗揚げのために、この学生最後の公演で、私が今後一緒にやっていきたいメンバーの意志確認をする必要があった。私の最初の演劇の同志はミヤさんで、ミヤさんは私と一緒に劇団をつくりたいと言っていたが、なぜかアメリカに留学することに決めてしまったので、メンバーには考えていなかった。私がこの時、一番必要と考えたのはヒデコだった。なぜなら、ヒデコは怠惰で優柔不断な人間の集まる劇団セドリックの中で唯一迷いなく「将来は舞台女優として食べていく」ことをはっきりと表明していたからだ。その意志は何よりも心強い。どこで覚えたかわからない、妙な芝居の癖はあったが、前向きで真面目で、肉体も訓練されていた。学内で行った公演でもヒデコの人気は高く、周囲からも「ヒデコちゃんは可愛い、可愛い」とかなりの評判を得ていた。この子とは絶対一緒にやろうと決め込んで私にとっては毛布教のプレ公演的な意味を持っていたセドリックの初夏公演にまずは誘った。

「私、今回出ませんよ」

えぇー！

「前に言いましたよね？　もう二度と、ジュリさんの芝居には出ませんて。あんな辛い芝居二度とやりたくありません」

「でも今回のは、あんなドロドロしたやつじゃなくって、もっとエネルギーを前向きに、全面に出した、楽しいものにしようと思っているんだけど。ストーリーも、もう考えててね」

私が事細かに芝居の内容を説明しだすと、ヒデコはうんうんと、じっくり聞いたあとで、目を閉じてしばらく考え込んでしまった。

「……寝てる？」

「……いえ。あ少し」

ヒデコは目を開けた。

「ジュリさんのやりたいことはよくわかりました、し、面白そうだとは思います。でも私」

「何」

「タップに通いたいんですよね。じっくり習い事とかしたいんです」

どこまでも前向きに、己の鍛練を怠らないストイックな子だ。

「タップに通いながらでもいいから、稽古は来れるだけ来て、一緒にやろう」

あの手この手、あの言葉この言葉と、何日も説得を続けた。

半月後、稽古に入る直前、ようやくヒデコが出演を決意した。

「もう、しつこいんですもんジュリさん。でもやるからには私はジュリさんのやりたいこと、なんでもやりますよ」

嬉しさと安心感で、私も俄然やる気が出た。去年よりも一昨年よりも芝居を始めた最初の年よりも数倍もの気持ちをかけた。とにかくみなぎっていた。面白い芝居をつくるための自信がどんどん出てくる、やりがいと生きがいで、毎日海を泳いでいるように気分はいつも晴れ晴れとしていた。

江古田から錦糸町に引っ越したヒデコとは帰り道が一緒で、毎晩の稽古の帰りには、なんでも相談をした。稽古場での些細な問題事を相談するうち、自然と話は芝居の中身についての相談になった。返ってくる答えに私は信頼と安心を感じ、面白いと思えることが次々と浮かんでくる。ヒデコには当時、京王線に住む小劇場俳優の恋人がいたが、私が相談があると言うと必ず付き合ってくれた。なんだか、ヒデコの意見なしにはやっていけない気持ちになったものだ。つまり、彼女のことは必要だと自然に思えていった。それが恋だった。帰り道、電車で私が先に降りて別れるのも、毎日少しずつ名残惜しくなっていった。もっと一緒にいて話したいことが山ほどある。もっと一緒に考えたいことがある。日に日に思いは強くなっていった。二年間一緒に芝居をやってきて、ヒデコに対して恋愛的な気持ちを抱いたことは一度もなかったのに、恋に気づくと不思議と、各所に表われるヒデコの色っぽさにときめくようになっていた。

まず声。ヒデコの声をよくよく聞くと、「鼻炎だ」と言うだけあって、鼻声だ。鼻声と共に、私が好きなのは、頷いたり、吐息を漏らしたりする時の声色。川島なおみみたいにセクシーだ。

次はヒデコの肉体。以前は注目していなかったが、よくよく見ると巨乳ではないか。バレエで鍛錬された筋肉質の体も、童顔なルックスとアンバランスで美しかった。あと、顔。今までキツネ顔だと思っていたぐらいで、さっぱり注目していなかったその顔は、よく見ると端正で、とてもお美しく、なおかつ可愛い。鼻がきれいだ。黒目が輝いていて可憐な瞳をしている。ヒデコが私の話を聞きながら大人っぽい表情をする時にたまらぬ色気を感じた。私が「色っぽいね」「あぁ、そういう感じも色っぽいね」とエロカメラマンみたいに煽《おだ》てあげると、面白いほどそれに乗じて、色っぽさをより放出するのがヒデコのいいところだった。きっと、色気の出口ギリギリにたんまりと色気を溜め込んでいるのだろう。少し叩けば、ホコリのように、パラパラ……と出てくるところが、またよかった。この人はもっともっと色っぽくなる。そんな期待感を膨らませてくれる、彼女自身の色っぽさの潜在能力にも私は注目したのであった。

私はもう、恋への熱情と芝居への熱情で頭がギンギンに冴えわたっていた。キスしたい！　オッパイ触りたい！　ヒデコと一緒に面白い芝居をやりたい！　どこまでもどこまでもエネルギーが続く気がして、何が起こっても辛いことなどなかった。無敵。そう自負していた。私が劇団セドリックで行う最後の公演『テロとエロと生死と精子』の稽古も大詰めの頃、稽古後に行われた飲み会の席で私はこっそりとヒデコに想いを打ち明けた。いつも帰りがけに相談ごとを持ちかけるのと全く同じ調子でヒデコに言った。恥ずかしさも照れもなかった。伝えることはごく自然なことだった。

「私さ、ヒデコちゃんのこと、本当に好きなんだよね。好きで好きでしょうがないんだけど、付き合ってくれない？」

誠心誠意を込めて言ったつもりだったがヒデコは激怒した。

「えぇぇええ？　なんで本番前のこの時期にそんなこと言うんですか？　私芝居のことで頭いっぱいなのにそんなこと考えられません。ジュリさんは非常識です！」

私だって芝居のことで頭が一〇〇パーセントいっぱいだけど、同時にヒデコのことも一〇〇パーセント考えている。脳みその容量はきっと三〇〇パーセントくらいまで大丈夫。あと一〇〇パーセントは実生活用にとっておく。

「今日、ヒデコちゃんちに泊まってもいい？」

「いやぁあああ！　です。絶対絶対泊めません！」

店を出る頃には二人とも終電がなくなっていたので、「次の店に行くか、どこかに泊まろうよ」と誘いつづけた。ヒデコは今年入ったばかりの新入生の窓口くんに助けを求めた。

「ジュリさん、ほんとしつこいんだもん。窓口くんなんとか言ってやってよ」

窓口くんはまるでピュアの固まりのような、朴訥としていて気持ちの美しい少年だった。なぜか私をよく慕ってくれていて、少し前に一緒に飲んだ時、酔っ払った窓口くんが神妙な面持ちで「オレ、ジュリさんに聞いてほしいことがあるんですよ」と切りだした。

「オレ、ゲイなんです」

「そうなんだ」

「ジュリさんには知っててほしかったんです」

酔いも手伝いうるうると泣きだした彼をぎゅっと抱きしめた。私に父性が生まれた瞬間だ。


「ヒデコ先生」

彼は親愛と尊敬を込めてヒデコのことをそう呼んでいた。

「うち泊まります？　ジュリさんも一緒にいいですよ」

「えぇー、窓口くんちなら行くー」

窓口くんを弟のように可愛がるヒデコは喜んで窓口くんの誘いに乗った。

「あ、じゃあ私も行くー」

私も乗じた。

窓口くんが一人暮らしする家は吉祥寺にあった。きれい好きの彼の部屋はきっちり整頓されていて、清潔で居心地がいい感じだ。しばらく三人でお喋りをしていると、

「もうオレ眠いです。布団敷きますから二人は好きな時に寝てください」

窓口くんは私達用の布団を敷いてから、隣のベッドに入ってすやすやと眠りだした。敷かれた一つの布団を目の前に、ヒデコは、

「何かしたら、怒りますからね」

と私に警告をしてから布団に入った。私は何も言わずに布団に入ったが、やはりキスがしたくて我慢ができず、窓口くんの寝息を完全に確認してから、

「ちょっと、いい？」

と、ヒデコにキスをした。

「んん……」

ヒデコは私の舌に舌を絡ませてきた。あんなにも拒否をしていたのに、なぜかこの時は受け入れてくれたのだ。私はヒデコの声と舌に、そして私を受け入れたことに興奮を覚えた。

そのまま首筋や耳にキスをしながら、体をまさぐった。体を触りはじめてもヒデコは拒否をせず、声を押し殺しながら、私の手が体を撫でるごとに一つひとつ敏感に反応を示した。いよいよ胸を触ろうとした時、ブラジャーが嫌味なほど邪魔だった。でっかいブラジャーしてんなぁと思いながら背中のホックに手をかけると、パツンと外れた。ブラジャーをめくり、ヒデコの豊満なオッパイに触れることができた！　乳首が突起している。ヒデコの興奮を確認すると、私はますます高揚し、布団により深く潜って、ヒデコの乳首を撫でまわした。

「あぁ……ん」

ヒデコは少しだが、声を漏らしてしまった。ここらでやめておけばよかったものの、私が調子に乗ってヒデコの乳首を舐めようとヒデコに完全に覆いかぶさったその時、異変に気づいた窓口くんがガバッと起きだした。

「オレ、友達の家行くんで」

窓口くんは困った顔をして、少し怒っているようだった。本当はもっと前から気づいていたのかもしれないが、一向に止むことのなさそうな二人の様子。つまり誰かが止めねばそのまま最後までやってしまいそうな勢いを察して、止めに入ったようだった。

ハッと我に返ったヒデコと私は、慌てふためいて反省と謝りの弁を繰り返した。

「ごめんね、ほんとにごめんね、あの、私達が出ていくから……」

ヒデコはブラジャーのホックが外れたまま、窓口くんちを飛び出した。私は慌てたまんま、それを追いかける。

二人で、近くのファミレスに入った。共に罪悪感と反省の渦中だ。

「私、ジュリさんとは付き合えないですよ。なんで今、オッパイとか触らせちゃったのか、自分でもよくわかんないんですけど、彼氏もいるし、無理です」

「あっそう、でも私諦めないから」

「お願いですから諦めてください」

「とりあえず、それはわかったから。でも私は諦めてないと思っててくれていいから」

「はぁ、困ったなぁ……」

夜明けのファミレスで困り果てる二人にも、朝日は差し込むのだ。私はポジティブに、ヒデコとの関係を祈った。


それから数日後に本番の幕が開いた。公演期間中にもヒデコの乗換駅である秋葉原まで追いかけて、「一緒に帰ろう」と熱意を込めて訴えたが、ヒデコは頑《かたく》なに拒否した。電車に乗ろうとするヒデコにくっついて、一緒に乗り込もうとすると、ヒデコは、

「もう、やぁああああだあああああああ!」

と周囲が振り返るほど大きな声で泣き喚くのだ。

そんなこんなが毎日のように続き、公演は大盛況のまま、幕を閉じた。打ち上げがお開きになった早朝、ヒデコの家に「何もしないこと」を条件に泊まらせてもらえることになった。

初めて訪れた錦糸町のヒデコの家は以前の江古田の部屋よりも、スッキリとしていて、バスルームも使いやすかった。住み心地がよさそうだ。私は恋人にもなってないのに図々しく、ヒデコの部屋にあたかもこれから自分が移り住むかのように、「ここはいい」と満足した。

ベッドの隣に布団を敷くと言うヒデコに、私は不満を言った。

「なんで布団敷くの？　なんにもしないって言ってんじゃん」

「えぇ、だって信用できないですよ」

「何もしないから、一緒のベッドで寝よう。明日布団片すのも面倒でしょ」

「……はぁい。じゃ、おやすみなさい」

ヒデコは早々にベッドに入り、すぐに寝息をたてはじめた。私もベッドに入り、ヒデコの寝顔にキスをしようかどうか迷ったけれど、寝ている人に一方的にキスをしても失礼かと思い直し、代わりに手を取ってつないだ。私も疲れていたのか、狂おしい欲望と闘うまでもなく、すぐに眠りについた。

明くる日、午前中からバラシの作業で学校に行った。その日から、私はヒデコの元を頑として離れなかった。バラシを昼頃に終え、午後から授業を受けにいったヒデコを部室で待ち、「散歩に行く」というヒデコについて大学の裏の目白庭園に行った。ヒデコは少しずつ、私との付き合いを考えてくれていたようだった。庭園の芝生に腰かけながら、ヒデコと私は何度目かわからない「付き合う」「付き合わない」論争を始めた。

「でもどっちにしろ彼氏とはもう別れようと思ってたんだけど」

「じゃあ、早く別れて私と付き合おうよ」

「それはなぁ、どうかなぁ……」

もう百回以上は「付き合って」と言っているはずだ。ヒデコの頑《かたく》なさに負けないほど私もかなり頑なだ。しばらく考え込んでいたヒデコが唐突に口を開いた。

「ねぇ、温泉行きたいんだけど、行く？」

「行く」

「ほんとに？　今からだよ。一緒に来てくれる？」

「今から？　いいよ、じゃ行こう」

突然の温泉旅行が決まるとヒデコは上機嫌だった。そのまま目白庭園を出て大学の裏手を通って一番近い本屋の芳林堂書店に寄り、まずは伊香保のガイドブックを探した。

「本当に伊香保に行ってくれるんだね。私、ジュリさんのそういうフットワークが軽いとこ好き」

ヒデコはガイドブックを選ぶ時から私に腕を絡ませ、甘えてきた。

ガイドブックを買ったあとで、駅に行き、伊香保温泉へのバスが乗り入れている渋川駅までの切符を買った。

「渋川から先はバスだね。でも、もう動いてないかもしれないから、そしたらタクシーに乗ろうね」

池袋から高崎線の普通列車に乗り、浦和、大宮、熊谷を越えて、終点の高崎まで行く。高崎から先は上越線に乗り換えて渋川へ。

高崎線の車内は空いていて、ヒデコと私は缶ビールを開けながら、電車に揺られはじめた。

「あぁ嬉しい、どこか遠いとこに行きたかったんだよねー」

私とヒデコが缶ビールを片手に手をつないで寄り添っていると、日能研の鞄を背負った小学生が思いっきり顔をしかめて、こっちを見ている。

「手つないでるの見られてるよ」

私が心配すると、ヒデコはあっけらかんと言い放った。

「えぇ？　別にいいよ。だって付き合ってないもん。ただ仲良く手をつないでるだけだもんね」

ヒデコと私はいつの間にか寝てしまっていた。さっきまで夕方だったのに、もう外は暗くなっている。高崎に着く前に、私は先に起きて、ガイドブックを開いた。宿はあるのかしら？私はめぼしい宿をいくつかチェックした。高崎に着き、上越線への乗り換えを待つ間、しばらく駅のベンチに座る。

「もう夜だねぇ」

「宿あるかなぁ。今からだと、素泊まりで泊まらせてくれるところじゃないと無理だよね。観光協会に電話して調べておこうか？」

「大丈夫だよ。いざとなったらラブホテルだってきっとあるだろうし」

ヒデコは結構呑気だ。

それから上越線に乗り継ぎ、しばらくすると渋川に着いた。田舎の駅舎の風情そのままの渋川駅の様子にヒデコと私はときめいた。

「なんか不倫旅行みたいだね」

ヒデコははしゃいでいる。バスが動いている様子はなかった。宿もチェックインはおろか、夕食の時間もとっくに過ぎているだろう。

「大丈夫かなぁ」

私は少し不安になっていた。駅のロータリーに並ぶタクシーの運転手に尋ねた。

「今からでも泊まれる宿知ってますか?」

「あぁ、たぶんあるよ。とりあえず乗って」

タクシーの運転手は、無線で連絡をとりながら、宿を調べ、探しだしてくれた。

「あったよ」

「大丈夫なとこですか?」

「うん、そこは普通にちゃんとしている旅館だから、大丈夫だよ」

ひとまず野宿もラブホテルも免れ、一安心である。

市街からだんだんと山道に入っていき、伊香保温泉街に突入する。タクシーの中でヒデコは私の手を握って、寝息をたてはじめた。その姿は、とても愛おしく、私はヒデコに手を握られただけで幸せを噛みしめることができた。手を握っているだけで、キスをしているかのように気持ちよかった。

着いた宿はまあまあの旅館。遅い時間にチェックインすることに不審がる女将を傍目に、私達は案内された最上階の部屋に入る。

「お風呂は二十四時間入れますからね、どうぞごゆっくり」

すぐに布団を敷き、デーンと横になってくつろぎはじめるヒデコに尋ねた。

「さっき、タクシーの中でずっと手つないでたよね？　なんで？」

「ん？　だってなんか安心するから」

「じゃあ付き合ってくれるの？」

「まだ考え中。お風呂行こっ」

ヒデコは浴衣に着替えはじめた。

同性同士のカップルにとって、温泉旅行はきっと天国だ。堂々と一緒にお風呂に入れるし、人目についても関係ない。異性同士のカップルが一緒に露天風呂に入ろうと思ったら、混浴や貸切風呂でないと無理だが、同性同士は温泉に来ればどんな露天風呂でだっていつでも裸のデートが満喫できるのだ。

しかし、まだ恋人関係になっていない女の子と一緒にお風呂に入るのは、少し気がひける。じろじろと見てはいやらしいだろうし、かといって敢えて視線を逸《そ》らしつづけると逆にヒデコが気を遣いそうだし。それこそ、好きな人の体を見ることができる絶好のチャンスであるにもかかわらず、なんかズルをする気分だ。だから私はポーカーフェイスを気取って、普通の一女子として、友達と一緒にお風呂に入る気分で脱衣する。ヒデコも私も幸い一緒に芝居をやっているから、楽屋で下着姿や裸に近い格好も今までお互いなんにも気にせず見せてきた。意識しなければ問題ないのだ。湯船につかる時はもう何も考えずに結局ジャボーンした。

「セックスは絶対しませんよ」

お風呂から上がり深夜一時過ぎ、ヒデコは部屋の電気を消して布団に入った。私は躊躇《ためら》わずに言った。

「食い下がるようだけど、本当に一生に一度のお願いだから、一回でいいからセックスしよう。一回したら、それを胸に刻んで、ヒデコちゃんのことは諦める」

「えぇ？」

「お願いします」

「やだ」

「お願いします」

「…………」

「お願いします」

何度頭を下げたかわからない、卑屈になるにもほどがあるのだろうが、どんなにカッコ悪くても、好きな人は諦めたくない。身勝手な言い分かもしれないが、ヒデコに付き合う気がないのなら「一度してくれるなら諦めてもいい」とこの時ばかりは本気で思っていた。ヒデコが私とは付き合いたくない気持ちに負けないくらい、私にはヒデコと恋人になりたいのだという気力があった。この時、自分はこんなにも執着心の強い人間なんだということに気づかされた。

「ジュリさんは一度食いついたら本当に絶対離さないんですね。あぁあ。……わかりました。一度だけですよ」

ヒデコはついに観念してしまった。

明くる朝は至福の目覚めであった。浴衣から洋服に着替えながら夕べのヒデコとのセックスを反芻する。

浴衣はセックスをするのに非常にスムーズな衣服だった。まるでセックスのためにつくられたかのように各所に利便性が見られる。浴衣をつくった人はきっと相当なエロ職人だろう。胸にすんなりと手が入る袂、解けばすぐに下腹部が現れる帯紐。浴衣がはだけた状態もまた十分なエロスが漂っていることを、誰もが知っているはずだ。アートだ。私は、ヒデコの太股、足、足首、踝、足の裏、体をひっくり返して背中、腰、お尻、内腿、ふくらはぎ、全てを撫でまわすように、体中にキスをした。温泉に入ったばかりのヒデコの体はすべすべで気持ちいい。ヒデコは私が触れるたびによく声を上げた。それも、

「んん、んん……」と吐息交じりの地味な声ではなく、

「あぁん！　あぁん！」

とポルノ女優ばりに鮮明な喘ぎ声だ。ヒデコはベッドの上でさえもステージ女優だった。興奮が高まる頃、私はヒデコの股間に顔をうずめ、思う存分舐め尽くしたあとで、指を挿入した。

最初は中指を一本、次に人指し指を加えて二本、ちなみに処女のカズエは二本までが限界だった。ヒデコはもっといけそうな気がしたので、薬指を加えて最終的に三本の指を挿入して動かしつづけた。

そうして、ヒデコが派手に絶頂を迎えたあとで、私達は抱き合って眠りについたのだ。

私達は宿を出て、ガイドブックを見ながら共同露天浴場「伊香保露天温泉」に向かった。ヒ

デコが「温泉にいっぱい入りたい」と言っていたので、今日からしばらく温泉巡りだ。四百円で入れる伊香保露天温泉はまた格別だった。平日ということもあり、観光客は私達くらいで、他は地元のオバサマやオバアサマ達がのんびりと茶褐色の湯に浸ってくつろいでいた。私もヒデコも公演で溜まっていた疲れを癒すべく、ゆっくり時間をかけて温泉に浸りながら身も心もじっくりと慰労する。

伊香保露天温泉を出てから石段街に行き、適当な蕎麦屋に入り昼食をとった。私もヒデコもざるそば。私は観光地の蕎麦屋には必ず置いてある果汁の薄いオレンジジュースを注文して咽を潤した。

「子供みたい」

私に呆れながらヒデコは瓶ビールを注文した。

それからしばらく伊香保の石段街を散歩し、雑貨屋に立ち寄ったり、湯の花饅頭を食べ歩きながら、今夜泊まる宿を探した。私は以前高校時代の友人と泊まったことがある「かめや旅館」を思いついたが、あいにく改築のため休業中だった。決めあぐねていると、そのかめや旅館の隣にひっそりと建つ、ガイドブックには載っていなかった小さな旅館「清鹿荘《きよかそう》」が目に飛び込んできた。私はヒデコに尋ねた。

「どうする？　ここどう思う？」

「う〜ん」

「でも露天もあるみたいよ」

「まぁいっか。ちょっと今日は歩き疲れちゃったし。飛び込みで泊まれるなら決めちゃおうよ」

「じゃ、入ろうっか」

清鹿荘の外観は投げやりで、旅館というより田舎の公民館のようだった。こじんまりとしたフロントで、私は自分の名前を記帳した。

「ご一泊でよろしゅうございますか？」

「はい」

何泊も泊まってほしいのかしら？　確固たる安心感を得られぬまま、慇懃《いんぎん》さと親しみを無理矢理ないまぜにしたようなバランスに欠ける接客を受けて部屋に案内された。どうやら従業員はあまり多くないようで、宿泊客の姿もほどんど見かけない。

「貸し切り宿みたいだね」

ひそひそと話しながら、ヒデコと私は大浴場という名の家庭サイズのお風呂とそれに隣接した石造りの露天風呂に入浴した。

出された夕食は不安を裏切るおいしさだった。布団を敷いてもらったあとで、満足した私達はビールを飲んでワインを開けた。ヒデコが酔っ払いはじめ、だらりと私に寄り添う。私達はまたセックスをした。ヒデコの声は昨夜よりも大きくなっていた。そして昨夜よりも肌がまた艶やかになっていた。

明くる朝、朝食を食べたあとで、浴衣を着たまま再び横になったヒデコにちょっかいを出すと、ヒデコは、

「またしたい」

とセックスを求めてきた。私達は朝から抱き合い、ヒデコは、旅館の従業員達に聞こえてしまうと私が危ぶむほどの、大胆な喘ぎ声をあげた。

清鹿荘を出たあとで、私達はチェックアウトの際の男性従業員の挙動不審ぶりを思い出し、

「あれ、絶対聞こえてたと思うんだけど」

と笑い合った。

「なんで急にしたくなったの?」

「だって昨日の夜、すっごい気持ちよかったんだもん」

ヒデコは顔を赤らめた。

私達は手をつないで、伊香保の街を散歩した。三日目は源泉地である公共露天浴場「石段の湯」に行くことになった。石段の湯の休憩室で私達はまた蕎麦を食べた。一息ついて、ガラス

張りの大浴場から外につながる露天風呂で、午後の光を燦々《さんさん》と浴びながら、至上のリラクゼーションを得る。自然光が気持ちよく、露天の石段に腰掛けながらしばらくぼおっとした。

「伊香保はもう満喫したから、次に行こう」

ヒデコの温泉巡りはまだ飽き足らなかったようで、私達はバスで渋川に戻り、吾妻線に乗り換え、四万温泉がある中之条に向かうことになった。四万温泉は湯治場として知られているが、秘境の地にあるので、不倫カップルがよく足を運ぶ温泉地らしい。確かに山奥で緑が深く、伊香保よりもだいぶ静かだ。私達はまた適当な宿を選んで一泊した。

この温泉旅行は一体いつまで続くかわからなかった。四万温泉に飽きたら、ヒデコは、

「次は草津に行こう」

と言いだしかねない。私はヒデコとならどこにでも行くつもりだったが、三日間旅館を泊まり歩いて、そろそろ財布のお金が乏しくなってきたことも気になっていた。

だが、そんな心配をよそに、明くる朝突然ヒデコが、

「もう帰ろう」

と言いだしたので、私達はあっけなく東京に帰ることになった。

中之条から渋川に向かう帰りの電車には、部活帰りの中高生達がたくさん乗り込んでいて、窓の外に広がる畑は清清《すがすが》しく、夏の風景だった。電車に揺られながら、ヒデコの手を握るとヒ

デコはぎゅっと手を握り返して、それから私の肩に頭をもたれた。

「私、ジュリさんと付き合います」

「えっ！　なんで？　どうしたの？」

私は肩にもたれたヒデコの頭をすぐ離してしまった。

「昨日、石段の湯に行った時、露天風呂に座るジュリさん見てたら、〝あぁ、こういう人は他にいないかなぁ〟って思えてきたんです。〝素敵だなぁ〟って思っちゃった」

「ふんふん」

「最初はほんとにそういうつもりなく、一緒に旅行に来たんですけど、楽しかったし、〝もっと一緒にいたいなぁ〟って思いました」

「じゃぁ、ほんとに付き合ってくれるの？」

「はい。ジュリさんのこと好きです」

「ほんとに？」

「はい」

「ほんとに？　いいの？」

「だから、はい、って」

「ほんつっっっっっっっとに嬉しい、すっっっっっごい嬉しい！　こんなことってあるんだね」

「説得、って職業があったら向いてると思うよジュリさんは」

「はい、執念深いもんね私」

「大切にしてね」

「うん、私超優しいよ」


約二カ月越しの片思いがようやく成就した。悦びで躁病になるくらい私は浮かれていたのだが、それも束の間、付き合って一週間が経った頃、錦糸町にあるヒデコのマンションに向かう電車の中で、

「やっぱり無理。ごめんなさい」

とヒデコは言いだした。

「なんで？」

「うん、なんか嫌いかも」

「え」

「ごめんね。今日は一緒に帰らない」

ヒデコが一人、錦糸町で降りていった。一度は大人しく、ヒデコの言うことを受け入れようと思ったが、やはり私は諦めきれなかった。明くる日もまた明くる日もヒデコの家に行き、説

得した。

「だから、本当に無理なんです。私、女の人とは付き合えません。男の人が好きなんです」

今度は私が折れた。

「わかった、じゃぁもうわかったから、今夜だけ一緒に寝てくれる？　そしたら諦めるから」

私はヒデコと眠るベッドの中で子供のように、びーびー泣いた。ヒデコは私の頭を抱えて、ぎゅっと抱きしめてくれた。

明くる朝、ヒデコは、

「昨日、ジュリさんが泣いてるの見たら、やっぱ離れたくなくなっちゃった」

「……じゃぁ」

「もう一度付き合う」

結局再び付き合うことになった。私はヒデコが嫌うような軽率な行動は極力謹み、ヒデコに対して真摯な気持ちでいることを怠らぬよう、努力した。ヒデコも二度と「別れよう」とは口にしなくなり、それから先はずっと蜜月が続いた。

九月、二人は蜜月。私は劇団「毛布教」を旗揚げし、初めての公演を無事に終えることができた。ヒデコは主演女優として出演し、好評を博した。私は実家にはほとんど帰らず、毎日錦糸町のヒデコの家に居座った。

「ヒデコちゃんと大事な相談があるから、しばらくヒデコちゃんちに合宿します」

ママには書き置きを残しておいた。

十二階建てのマンションの最上階はとにかく気持ちがよかった。ベランダに出ると、下町のビル群が見渡せる。錦糸町は治安が悪いと聞いていたが、駅周辺のごった返した猥雑な空気も十二階の部屋には全く届いていない。それどころか、都会の汚れた空気も光化学スモックでグレーになった空も、恋人がいればアルカリイオンがふんだんに含まれた大自然の中のそれとなんら変わらない気がしてくる。恋人は空気清浄機のように、爽快な気持ちを与えてくれる。

錦糸町には、おいしい洋食屋もラーメン屋も焼肉屋も二人が好きなものはなんでもあった。映画を観て、買い物して、散歩して、ビデオ借りて、ご飯を食べて、一つのベッドで一緒に寝て……。生活時間を共有した。大学にも二人で一緒に行き、私は自分が受けるべき授業には出ずに、ヒデコが出る授業について行き、一緒に受講した。お昼も一緒、お茶も一緒、帰りも一緒、片時も離れずに暮らした。

旗揚げした毛布教は幸いにも評判がよく、私は演劇雑誌の取材を受けることになった。そんな時はヒデコに真っ先に報告して、喜び合った。その年の冬はヒデコの家で一緒に年を越し、近所の亀戸天神に初詣に行き、二人の将来を祈り合った。

年明けには錦糸町の映画館にビョークが主演した『ダンサー・イン・ザ・ダーク』を観にいった。クライマックスでヒデコは人目を憚らず号泣したのだった。ヒデコがあまりにもビョーク演じる主人公に感情移入するものだから、私はそれがおかしくて、次の毛布教のお芝居には『ダンサー・イン・ザ・ダーク』のビョークの役所《やくどころ》をモデルにしたキャラクターを登場させようと思いついた。

また同じ頃、ヒデコの部屋で二人で『ブレア・ウィッチ・プロジェクト』を観た。ヒデコは途中で寝てしまったが、私は一人でその恐怖を噛みしめ、その恐怖をヒデコにも味わせてやろうと、次の芝居のエンディングには『ブレア・ウィッチ・プロジェクト』の恐怖と同じようなシチュエーションを挿入しようとも思いついた。

この頃は、私と恋愛と演劇がバランスよく同居することができていた。私とヒデコは恋愛の場でも演劇の場でもうまくいっていて、まさに相思相愛の関係だった。ヒデコの芸名「港乃マリー」という名前を二人で考えたのもこの頃だ。「マリー」というのはヒデコ自らが「マリーがいい」と提案してきた。上につける苗字は、いくつか候補を出し合い、画数判断も考慮し、語呂もよかった「港乃」を選んで、芸名が生まれた。

だが、付き合って八カ月目に当る二〇〇一年二月、最初の危機が訪れた。

私は大学を卒業するための単位を百以上残しながら、そのことを蚊帳の外に放っぽらかしたまま、池袋の大型本屋「乃木坂書店」でアルバイトを始めた。毛布教の第二回公演の稽古も始まっていた。

その矢先、バイト先の同じフロアで働いていた実用書担当の準社員の女性・島津さん（26）にうっかり不埒な気持ちを抱きはじめてしまったのである。要するに浮気。初めての浮気心だった。背が小さくて、しっかりものでかつ美人の島津さんに会いたくて、私はバイトに熱を入れだし、シフトを入れられるだけ入れ込んだ。

私がバイトを始めてすぐの頃、島津さんはウェーブがかかったロングヘアーで少し重々しい印象だったのだが、ある日、髪を切ってさっぱりとショートヘアにイメチェンした彼女は、体型とのバランスに均衡が見られ、顔もよく見えるようになり、美人だということが判明した。私はレジに立って、小動物を観察するようにその動向を見守りはじめた。料理本や占い本やペット関連の本を、か細い体で重たそうに運ぶ島津さんの、白い開衿のブラウスの胸元からキラリと遠慮気味に光る金のネックレスを目にした時だった。

「やられた」

私の目は開かれた。

白い開衿シャツの胸元に金のか細いネックレスとは！　ちょっとエロいのではないか？　本

屋の店員なのに、少しエロが過ぎるではないか？

これを機に、私は島津さんの色気取締委員として、島津さんが本屋の店員として余分なエロスを放散しないよう、レジから厳しく監視することにした。

その頃、ヒデコは、

「マンションに虫がいて、痒くなる。もう引っ越したいよ」

と苦しんでいた。

「大丈夫だよ、防虫スプレーしたらいいじゃん」

電話口で私は慰めにもならないような宥《なだ》め方をしてはヒデコに文句を言われつづけた。そうこうしているうちにヒデコは思わぬ行動に出た。

「最近ジュリさんバイトばっかして全然家に来てくれないんだもん。一人じゃ淋しいから、もう私実家帰るね」

ついにマンションを引き払い千葉の実家に戻ってしまったのである。

止めておけばよかったのに。だが、島津さんの色気取締委員としてそこそこバイト先の業務が忙しかった私は、そのことを大して気に留めず、島津さんを監視しつづけた。

「今度ごはん食べに行きませんか？」

たまたま帰りが一緒になった時、ロッカールームで島津さんに声をかけてみた。

「えっ、どうしたの急に？　ごはんならいつでも行くけど」

それから何度かデートを重ねた。

「じゃ、裏手で待ってます」

デートはもっぱら乃木坂書店の裏手に位置するレストランや喫茶店での食事だ。仕事帰りに乃木坂書店の裏手で待ち合わせ、そのさらに裏手にあるイタリア料理店に行きディナーを食べたり、休憩時間を合わせて、やはり裏手にある洋食屋でランチを共にしたりした。

「好きなんです」

私は一度目の食事をした時から早々に自分の気持ちを島津さんに伝えた。

「いやー、困ったなぁ」

リスのような島津さんは顔を真っ赤にしてしまった。私はヒデコと別れるとも、島津さんと付き合うともちゃんと考えずに先走った行動をとってしまっている自分に驚いた。

翌日から、島津さんとは勤務中にメモ用紙の裏に手紙を書き合って内通するようになった。

私が棚に『卵料理のすべて』や『水野真紀のキュートなお菓子作り』、『ケンタロウの愉快なカフェ飯』などをうだうだと並べていると、島津さんが通りかかり、

「これ、倉庫から取ってきてもらえますか」

と雑用の用件が書かれたメモ用紙が渡される。ぺらりと裏にめくると、秘密のメッセージが書

かれているのだった。何食わぬ顔をして『熱帯魚の激しい飼い方』『わんこと遊ぶ』『にゃんこ大好き』などを棚入れしはじめる島津さん。

秘密めいた怪しい密通のようであるが、実際紙に書いてあるのは、

「今日の私のお昼休憩は十三時十分くらいからです」

とか、他の社員やバイトがいない隙にさくっと普通に話せそうなことも、わざわざメモ用紙を通じて会話するようになっていた。島津さんのメモ落としの妙技はハンカチ落としの鬼役がさらっと落としていくハンカチによく似ていた。

しかし、私もヒデコとの仲があったから島津さんとは食事やお茶をする以上に進展することはなく、秘密のメモごっこもいつの間にか回数が減っていった。稽古が忙しくなると私は、たびたびバイトを休むようにもなり、休むようになると段々バイトが面倒くさくなった。島津さんも大してその気でないのが態度から察せられるようにもなり、バイトを休むために用意していた理由のストックが底を尽いた頃、私は乃木坂書店を無断で辞めた。

そんなよこしまな行動と気持ちが災いしたのか、毛布教の第二回公演では、赤字が出てしまった。サークルから一緒に続けてきたメンバーには借金を負う意志はなく、彼等は劇団を自然と辞めていった。途方に暮れた私は、結局ヒデコにすがるしかなかった。

「赤字の分の借金、どうしよう。一人じゃ払えないよ」

「えぇ、私だって無理だよ」

「どうしよう……」

「もう、じゃぁ二人でなんとかしよう、ね」

私は消費者金融から、ヒデコは両親から、お金を借りることになった。

「でも、これ以上は無理だからね。次やってまた借金することになったら、私も劇団辞めるからね」

島津さんのことはヒデコもうっすらと気づいていたので謝り倒し、なんとか関係を修復した。また元の半同棲生活に戻れると図々しくも期待したが、ヒデコが実家での生活を望んだので、それは叶わなかった。

それでもお互いの実家を行ったり来たりして、また、ほぼ毎日一緒にいるようになった。ヒデコの実家がある千葉市でデートすることが多かったが、松戸から千葉へ車を走らせて、国道沿いのファミレスや焼肉屋などで一緒に食事をしたり、私の実家にも多い時は週に三日、ヒデコの実家には週に一日のペースで遊びにいっては泊まり合った。

四月になり、ヒデコは四年生に、自動的に私は五年生に進級した。

大学の履修届を出す頃、私は大学を辞めることを決め、五月に退学届を出した。この先のことは暗雲か晴天かわからないが、いよいよ完全なる演劇社会人として、スタートを切ったのである。ママは泣きながら、

「ジュリの人生は、ママの中で十八歳までが華だった」

と絶望を露《あらわ》にした。

劇団と恋愛、一方が崩れると一方も具合が悪くなる。劇団経営の徒労と先行きの不安はヒデコと共に解決していくしかなかった。

ヒデコはひょっとしたらもう少し線を引きたかったのかもしれないけれど、私にとって劇団と恋愛を区別して考えることはもはやナンセンスだった。この毛布教第二回公演によって生まれた赤字を発端に、私がヒデコを巻込むような形で、二人の関係を崩していってしまったことは、明らかだった。

第4章

狂乱の渦中

二〇〇一年は最愛のヒデコを伴侶に、怒涛の演劇生活を送った。

ヒデコと付き合って一年が経過した七月、毛布教の第三回公演は情報誌に大きく紹介され、本番直前の現場は俄《にわか》に活気づいた。

元々大学のサークルのメンバーをかき集めて結成された毛布教だったが、第二回公演の赤字により、ヒデコ以外のメンバーは全員辞めていってしまい、今回はまずキャスト集めからスタートしたのだった。

「オレまた出たいです」

最初に参加を表明したのは旗揚げ公演に出演した窓口くんだった。私とヒデコは窓口くんに対しては必要以上に寛容な気持ちを抱いてしまうところがあったので、大歓迎。

「オレの高校時代の友達も出たいって言ってるんですけど、紹介してもいいですか？」

続いて窓口くんは早稲田大学の学生・ハトくんを連れてきた。背が高く大男で、カート・コバーンを崇拝していた彼から、

「ジュリさんもニルヴァーナを聴いてください。オレのハートの神髄がここにあります。ジュリさんにはもっとオレのことをわかってほしいんです」

と、ニルヴァーナ関連のCDを何枚も渡された。がっちりとした体格に似合わず、ナイーブすぎる内面は時として非常に厄介だった。もっと困ったことにハトくんはヒデコに一目惚れしてしまい、日々熱烈なラブメールを送信していた。

「あぁ！　またハトくんからだ。怖いよー！」

ヒデコはハトくんからのメールを冗談半分に怯えては騒いでいた。

窓口くん、ハトくんの他には、ヒデコの知り合いの知り合い、私の知り合いの知り合いのまた知り合い、と人を介して次々と俳優を紹介してもらい、男優が全部で六人集まった。

女優探しは少し難航した。私とヒデコは相談し、大学のサークルのOGで現在フリーター、毛布教にほんの少し興味を示していたアジさんと下馬さんの二人に、出演をお願いしにいった。当初は仕事との兼ね合いを気にしていた二人だったが、稽古開始時期に差しかかる頃「今

回だけよ」と承諾してくれた。また同じ頃には「実は前から一緒にやりたかったの。ジュリちゃんに伝えておいてくれない？」と大学の別の演劇サークルの同級生だった室伏さんがヒデコに電話をしてきたのだった。

こうして、私とヒデコのキャスト探しのための奔走はなんとか功を奏し、公演に間に合う形で無事にキャストを集めることができた。最後に、このメンバーに加え、オマケのようにやってきたのが、当時パチプロ生活を送っていた大学の先輩・角丸百恵さんだった。

「私、パチンコで生活には余裕あっから、重信の芝居出てもいいよ。女優やりてーし。でもね、日によっては、一日中パチンコ屋にいなきゃいけない日もあるからさ、そん時は悪《わり》いんだけど、お稽古休ませてねん。あてぇにも生活があるっし」

角丸さんは、通っていた俳優の養成所内で頻繁に起きていた窃盗事件の犯人だと疑われ、潔白を証明するために全裸になってのたうちまわっていたところを、養成所スタッフに取りおさえられ、そのまま養成所から逃亡するように「脱出」したらしい。江古田の居酒屋で一人泣きながら日本酒を飲んでいたところに、たまたま照明スタッフとの打ち合わせで居合わせた私は、泣き崩れていた角丸さんの姿につい愛おしさを感じてしまい、

「よかったら角丸さんも一緒に毛布教でお芝居やりましょう」

とスカウトしていたのだった。

「即決はできない、考えとく。だって、芝居やってる連中ってなんかみんな姑息なんだもん！　長く一緒にいると狂っちゃうもんねー。その点、パチンコはええよ。オートマティックで」

スカウトしたことなど実は半分忘れかけていたが、やる気満々の表情を隠さない角丸さんを門前払いするわけにはいかない。角丸さんのやる気は自分が出ることだけでは足らず、同時にもう一人、角丸さんの友人で同じ養成所出身、唯一「よくしてもらっていた」と言う二木さんを連れてきて、私に献上するようにして紹介してくれた。

「人足りねーんだろ、コイツ結構面白いから。七五三みたいで」

「？」

「日舞やってから、使い勝手はいいんじゃね？」

角丸さんも二木さんも私よりも八つ年上。二人ともキャストに引き入れようとする私をヒデコは制した。

「大丈夫？　もう十分キャスト揃ったじゃん。いっぱいいたらジュリさんきっと大変になるよ？　しかも角丸さん……いい人だけど、素行乱れ気味だし……ジュリさん余計な気遣わない？」

「大丈夫大丈夫、ああ見えて角丸さんは結構真面目だから、お金の心配もこっちがしなくていいしさ。それにいっぱいいた方がきっと面白いことができるよ」

当初は、何をしでかすかわからない困惑の元凶のような存在だった角丸さんだったが、舞台では特殊効果とも言えるほどの強烈に爆弾的な個性を光らせ、その上、実はその場にいた誰よりもお芝居が上手だったのだから、驚きだ。

角丸さんの衝撃的芝居、通称「角丸ショック」の第一の武器は、その特徴的な声にある。角丸さんは、男性以上に低いアルトをガラガラのハスキーボイスで包み込み、その音をアルミ箔で一度炙って鼻から吸いこむと同時にヘリウムガスも口から吸引したそのあとで、もったいっぷってようやく出されたような、異常な変声の持ち主なのである。

一体どうやったらあのような変声がつくられるのだろう。研究熱心な私は一度角丸さんの日常を検証したことがあるので、余談になるが、ここに報告しよう。

通常の角丸さんは、空気の淀んだパチンコ屋でセブンスターを一日三箱吸い尽くすヘビースモーカーであった。パチンコ屋を出たあとは勝っても負けても居酒屋に行きビールをジョッキで軽く五杯は流す。居酒屋で食事を済ませたあとは一旦ファミレスに寄って「自分がレディーであることを忘れないための重要な日課」として、レース編みに取り組む。このレース編みトレーニングは毎日一時間程度だが、角丸さんはこの一時間の間になんとブラックコーヒーを二十杯おかわりするほどのカフェイン中毒であった。レースを編みにではなく、実はカフェインを摂取しにいっていたのでは？　と、まことしやかな噂が流れたが真相は定かではない。レース編みのノルマを終えたあとで、次はカラオケスナックに向かう。マスターが親友であるとのことだ。スナックで角丸さんはワイルドターキーのボトルを注文する。ボトルキープなどやわなことはしない。なぜなら一回の席で一本分を飲み尽くしてしまうからだ。ちなみになぜワイルドターキーなのかは「ワイルドな感じがするから」だそうだ。無論ストレートでウィスキーを飲む角丸さんだが、テーブルには一応氷も置かれる。その氷を一つ取って、むしゃりと咽を通しクールダウンさせたあとで、怒涛の一気飲みがスタートする。渡辺正行のコーラ飲み芸よりも早く、北方謙三の小説よりもハードボイルドなその美技を披露したあとで、キングコング化した角丸さんはカラオケのマイクに掴みかかり、シュガーの『ウェディングベル』を酒灼けしているに違いないであろう咽の一体どこから出てくるのか、異常な高音で歌いあげるのだ。

「ウェイディングべぇぇぇぇぇえんるぅぅぅぅんんん」

耳の鼓膜を圧迫するようなハウリングボイスだ。『ウェディングベル』に飽きると次は『ラヴィン・ユー』だ。

「らぁぁぁぁぁんびんにゅぅつぅぅぅぅん〜」

今度はオルゴールのように優しい音色だった。そしてラビンニューは後奏に差しかかり、

「しゃららららしゃららららしゃらららららららぁぁん」

と気持ちよくハミングしている時に決まって眠りにつくのだった。角丸さんは小鳥のさえずりのような鼾をかき、スナックの勝手口に放置される。そしてまた朝を迎え、何事もなかったかのようにパチンコ屋へと出勤するのであった。この模様は練馬の片隅で毎日行われている。

角丸さんの変声のわけは以上だ。

角丸ショック、続いて第二の武器は、アイヌ美人であること。第三の武器は、人に対して優しいこと、などが上げられるが、その説明は長くなるので省かせていただく。

さて、このように、スペクタクルが過ぎてカオスのような私生活を送る角丸さんの芝居が面白くないわけがない。私は角丸さんを毛布教のメンバーとして、今後も一緒にやっていきたいと、稽古の早い段階から思ったものだ。

即席の寄せ集めメンバーでつくり上げた第三回公演だったが、観客動員が一気に倍増し、わずかだが収益も出て、ヒデコには立て替えてもらっていた借金を一部返すことができた。観客が増えていくことは何にも代えがたい喜びで、私は劇団をもっともっと大きくしていきたいと、よりアグレッシブな気持ちになった。喜びは私に絶大な効果をもたらし、それは原動力となって私をかきたてた。どこまでも前進していきたかった私は、作劇に生かせることならなんでも吸収していこうと無我夢中になった。

しかし、若輩の小劇団にとって経営・運営の問題は深刻で、毛布教も決して例外ではない。劇団を主宰する私自身が脚本・演出・主演だけでなく制作をも兼ね、看板女優であるヒデコが常にそれをサポートする形は、曲がりなりにも表現の場を選んだ私達にとって苦痛の極みであった。劇団が少しでも人に知れ渡りはじめると、ますます悩ましい事態に陥っていくのだ。

毛布教を旗揚げしてから間もなく一年、当初は毛布教を宣伝するためのチラシ配りや折り込み、お客さんへのDM発送、お金の計算、劇団を大きくしていくためなら「なんだってやるぞ！」と息巻いていたものだが、毛布教が徐々に小劇場界に名前を浸透させていくにつれ、雑誌の取材を受けたり、インターネットに毛布教や自分の名前が流れたりするたびに、エゴが芽生え、劇団を運営していくための制作業務がうっとうしくなっていった。誰にとってもきっと、自分がやっていることが評価されて有名になることは悪い気がしないだろう。ちょっとした有名人気分になって愚かな私は、表に立つ人間が「制作なんてやることは恥ずかしい」と思うようになっていた。しかし、誰もやる人がいないので、自分がやるしかない。

作劇に費やす時間よりも劇団の制作業務に費やす時間ばかりが増えていくことは、まさに苦痛だった。毛布教の顧客に宛てたダイレクトメールのハガキに住所が記載されたラベルシールを一枚ずつ貼りながら、よく考えたものだ。そういう時に自問自答していると、いつの間にか神様の声が聞こえてくる。

「表現の場で容易く生きることなどできないのだ」

「表現をサポートしてくれる制作者が現れないのは、お前の現実の力がそれまでだからだ」

「自由に表現がしたければ、周囲を動かすだけの才能を見せろ」

結局、なんにせよ自分でやらなければいけないのだ。

表現への自尊心や欲望に対するエゴが育っていくのと同時に、制作業務を通じて社会人としての気配り、周囲とのコミュニケーション、物事を円滑に進めるための常套句だとかを知らず知らずのうちに身につけてしまっていく。私は、幾つかスイッチを分け、チャンネルを設けることにした。

アーティストでいる私は自尊心を持ち、時に傲慢であっても自由な人格で。

客商売という意味で演劇を考える時は商人の私。平身低頭で愛想よく。

社会で、あるいは劇団内部でも、周囲を説得していく必要に際した時は政治家の私。扇動的で、雄弁家。周囲を包み込むための寛容心をもつ。

もはや多重人格だ。つまり演劇のために自分本来の人格を捨てた。

しかし多重人格になって狂うことは簡単だけれども、私の根っからの健康的で正常な精神までは完全に捨てきれなかったことが、より狂おしい事態にさせたのだ。

狂わずして狂人になった私の代わりに、ヒデコが狂ってしまった。

これやあれよとオートマティックに演劇に邁進できるのは社会への建て前、人の前だけでできること。家に帰れば、正常に戻り、狂人でいる時のストレスを一挙に吐き出す。その鉾先は恋人であるヒデコに否応なく向かう。私にはいつしかそれが恋愛の形になってしまった。恋愛相手には全てを許してほしいし、私の自我を全て受け入れてほしい。助けてほしい。すがりたい。それは恐らく、普通の恋愛だったら成立することだろうと思う。

問題なのは、演劇も一緒にやっていたため、ヒデコが外部の私と内部の私の両方と接することになっていたことだった。ヒデコは次第に混乱しはじめた。稽古場でも家でも私を助け、私に怒られ、私に誉められ、とにかくヒデコはよく泣いた。私が台本を書いていて稽古場に行かない時、私に様子を伺う電話をかけるのはヒデコの役目だった。

「ジュリさん、今日は稽古来れないの？」

最初は優しく尋ねられる。

「だって、台本書いてるんだもん！　私だって稽古場に行きたいけど、制作の仕事ばっかりやってるから台本書く時間が全然ないの！」

私はすぐ怒鳴ってしまう。

「みんなそれはわかってることだから、だからみんなでまわして制作の仕事しようって言ってるじゃない」

「別にみんなだって、制作の仕事なんてやりたくないでしょ？　折り込み頼んだりしたって、面倒そうな顔するし、面倒そうな顔しなくたって、面倒だって思っていることくらい私バカじゃないからわかるんだよ！　そんな人達にぺこぺこ頭下げて頼みたくないから！　私が自分でやった方が早いの！」

「なんでそんなキレるの？　みんなジュリさん来なくて心配してるから。今日はゆっくり台本書く時間にあててね。私からみんなに伝えておくから。今日は何してたらいい？」

ヒデコは怯えだす。

「自主練に決まってんじゃん！　ダンス、ダンスの練習してよね。みんな下手なんだからさ！」

「だから、大きい声出さないでよおおおおおお！」

私が怒鳴りつづけると、ヒデコが堰《せき》を切ったように泣きだすのが毎度のパターンだ。

「……………あぁもう泣かないでよ。ごめんね。ごめん。稽古宜しくね」

ヒデコが泣くとすぐに私が謝るのも常だ。

「はい、わかりました。台本がんばってね」

ヒデコはベソをかきながら電話を切る。

稽古ならまだしも、私は劇場リハーサルの当日や本番初日にも制作業務に追われて行けない日があった。例によってヒデコからの電話だ。

「ヒデコですけど、今現場で、パネル（セットの壁）立てるのに、ジュリさんの確認をスタッフさんがみんな待ってるんですよね。今どちらですか？」

「家だよ！！！」

「いつ来れるんですか？」

「えっと、今〝当日パンフ〟つくってて、もうすぐ終わるんだけど、プリンターが調子悪いから、もしプリントアウトできなかったら、劇場には一生行けないから」

「わあああああああああああ！」

ヒデコは慟哭しながらも、なんとかして私を窘《たしな》めようとする。

「じゃぁ、手書きでもいいじゃない。お願いだから劇場に来てよ」

「手書きのパンフなんて学芸会じゃあるまいし！　バカじゃないの？　なんでうちのメンバーはパソコンも持ってないわけ？　生き遅れてもいいのかね。文明と共に生きないで、演劇やってる場合じゃないよね」

「今そんな話はいいから、今から出れば夕方には来れるでしょう？」

「もうヒデコが全部決めていいよ。落ち着かないと、無理」

「はい、じゃぁコーヒーでも飲んで気を落ち着かせてから来てね。劇場来てから、キレちゃダメだよ。みんなにちゃんと謝ってね」

「うん、なるべく早く行けるようにするから」

毛布教のメンバーには私に直接電話をかける宥《なだ》め役もいなかった。きっとヒデコと私の関係に遠慮せざるをえなかったのだろう。もしくは厄介ごとに関わらない方が得と思ったのか。パチプロ生活を卒業し、更正しはじめた角丸さんは真面目一筋になり、私とヒデコのケンカには居合わせても、トイレに駆け込んだり、喫煙所にタバコを吸いにいくなど、とばっちりを受けるのを避けようとしていた。私達には宥めてくれる人も必要だったと思う。誰かが、ひとことでもフォローをしてくれれば、甘え合う私的な関係性を忘れて、社会人として理路整然と振舞えるのに。私達のケンカもきっと止められるのに。

十月に第四回公演を終えると、第三回公演からかろうじて続けていた即席メンバー達はいなくなった。こんな主宰とこんな主演女優の劇団に対し、何も感じず居座る方がどうかしている。残ったのは、現場から逃げつづけ芝居だけに集中した角丸さんと、第四回公演から毛布教に入団した超美青年のバカラくんだった。

バカラくんはその名の通り、それはもうバカラグラスのように美しく繊細に輝く美貌の持ち主で、容姿だけは一流の芸術品のようだった。二十代後半で、全く生き急がずのんびりと好きなことをして生きるバカラくん。街を歩けばスカウトされて芸能界デビューしたっておかしくないだろう。しかし残念ながら、芝居が恐ろしく下手くそという致命的な欠点を抱えていた。彼の美貌にときめき、期待する観客は彼の芝居を観た途端、客席から劇場の出口をぶち破ってどこか遠い海辺にまでぶっ飛んでしまうだろう。そして静かな波の動きを見つめているうちにいつの間にか満ち潮になり、首のあたりまで海に体を浸からせた頃にようやく我に返り、慌てて劇場に戻ってくるのだ。それくらい下手だ。「上手な演技を守る会」の人が彼を観たら、間違いなく死刑を宣告するだろう。しつこいが、それくらい下手だ。しかし毛布教では芝居の上手い下手は一切関係ない。テンションだけの荒唐無稽な芝居ばかりを好んでやっていたので、彼の下手な芝居もオールOK。俳優としての希望を慎ましやかに持っていた彼が、俳優人生で初めて自分の受け入れ先を見つけたものだから、そうそう簡単に辞めたりはしなかったのだろうか。いや、ヒデコと私の見苦しいケンカをにこやかに微笑みを湛えて見つめていたことを考えると、ひょっとしてバカだったのかな？

しかし、この時期にはまだ愛があったのだろう。愛し合っている力は偉大だ。性懲りもなく、一緒に演劇と恋人関係を続けたのだ。あるいはヒデコにとっても演劇の場で表現をすることが、私との関係を浄化させるカタルシスであったのかもしれない。毛布教でのヒデコの演技はますます過剰に、過激になっていった。私はそれを美しいものに、時には冗談半分に茶化す笑いに変えた。

私とヒデコと演劇の関係は中毒症状に近いものがあった。一つの公演を終えるたびに、確実にすり減っていく。精神的にも肉体的にも緊張と解放を常に繰り返し、いつ「もう辞めた！」と手放してしまってもよかった。すり減っても舞台に立った瞬間にまた新たに生まれるものがあるのだ。燦々《さんさん》と神々しい光が見える。光に包まれ溶けるようだ。その光を浴びると、とても気持ちがいい。それはまさに浄化だ。浄化され、また誕生するのだ。その誕生したものを胸にしまい込めれば、満足するのだろうが、私はそれを育てたくなる。飽き足らない。誕生したものをまた、演劇にまみれてドロドロになった私の生命の毒に漬けて、新たにつくる舞台でそれを解き放つ。そうしてまた……とその繰り返し。

永久に続くものなのかはわからない。ただ私は表現者として、この世の全てを知ってしまった時に死ぬのだろうと思っている。この世で最も美しい美を誕生させるために、表現を続けていくのだ。しかし、それをつくれるのは雲の上の神だけだ。人間に生まれてしまった私は、人間である時点で、神にはなれない。神に近いことはできるかもしれない。自然と文明の社会で生きながらつくれる、最も美しいものとは一体なんだろう？

私は隣で眠るヒデコの顔を見る。私達は愛をまっとうすることができるのか？　愛は芸術を生むことができるのか？　疲れ果て傷ついたヒデコの顔を、私は凝視することができなかった。

少し休んで、演劇と離れたところで、ヒデコとの愛に溢れた生活をゆっくり楽しみたいとも考えた。例えば旅行に行ったり、演劇を忘れる時間を過ごせればよかったのだ。私達は三六五日演劇の話をしない日はなかったし、やるべきことが多すぎた。私は少し休んでもよかった。だが、そうしなかったのは、ヒデコにもまた考えていることがあったからだ。ヒデコに女優としての志がなければ、休むことにも同意したのだろうが、彼女もまた舞台表現の場に、生きる場を求めていた。

次の毛布教の公演は年が明けて三月に予定されていた。だが、会場である六本木のショーキャバレーが急遽年内で閉店することに決まってしまった。オーナーであるクワバラさんが私に謝りの電話をかけてきたのは十一月の末日のことだった。

「本当に申し訳ないんだけど、もうどうしても店を続けることはできなくて、十二月いっぱいなんだ。ごめんね」

「はい、それは仕方ないですね」

「でもしさ、重信さんと毛布教的に大丈夫なら、年内ならいつでも貸すから！　ぜひやってほしい気持ちはあるんだよね」

「年内ですか？　もう明日から十二月ですけど」

「レビューショーを考えてたなら、クリスマスの時期とか、夜はもうイベントで埋まっているんだけど、深夜ならやれるよ」

「深夜ですか？」

「二十二、二十三、二十四と三日間くらい、どうかな？　深夜だけど」

「あ、では一度検討します」

「ぜひやりましょう！　あ、重信さん明日時間あったら、一緒にご飯でもどうですか？」

クワバラさんはノリのいい人で、というかノリの固まりのような人だった。こちらの細かい諸事情は完全に無視で「いいじゃんいいじゃん、なんでも。やっちゃえやっちゃえ！」とプッシュする。電話を切ったあとで、ヒデコに相談した。

「う〜ん、大変じゃない？　二十日間の準備じゃ」

「そうなんだよね……でもさ、ちょっとキャバレーでやってみたい気もするよね。もうなくなるお店だし、二度とできないじゃない」

「ジュリさんがやりたくて、やりたいことがあるならやれば？」

「ヒデコは疲れない？」

「疲れるけどさぁ！　もう、しょうがないよ」

私が心配するのは杞憂なほど、ヒデコは相当強靭な精神力と体力を持ち合わせている。オリンピックを見ている時などに思うのだが、あの極度のプレッシャーと緊張の中、自分の実力を出せるアスリートに対して、私は畏敬の念を抱かずにはいられない。私なら絶対無理。恐らく途中棄権するタイプだ。一方、ヒデコなら大丈夫そうな気がする。どんな状況でも揺らぐことなく、満足のいく成績を残せるストイックなアスリートのよう。ナイスファイトだ。

「じゃぁ、やる方向で決めちゃおうかな」

「あぁそうなると、すぐだよね、ドキドキするね。間に合うかな？」

公演を終えた直後は、公演前の凄惨な精神状態を忘れて、どちらかといえば本番での興奮の気持ちが強く残っている。あんなに毎日泣き叫んでいたのに、ヒデコはやはり鉄の心臓だ。


翌日、私はクワバラさんに会いに目黒のミャンマー料理屋に出向いた。最初は神妙な面持ちで返答を待っていたクワバラさんだったが、私が公演決定の意志を伝えると途端に顔が緩み、

「あぁそう！　やっぱ毛布教はやることが違うね。さすがだねジュリさんは！　勇気ある！」

と私を煽《おだ》てはじめた。

「面白いのやってよ！　店にとっては最後なんだから、好きなことじゃんじゃんやってね！」

ほころんだクワバラさんは、次々とミャンマー料理を注文しはじめた。

「実は、今日奥さんと子供も呼んじゃったんだけど、来てもいいかな？っていうかすぐ下にもう来てるんだけどね」

クワバラさんは店の入り口がある一階に駆け降りていき、奥さんとまだ小さい子供を連れて戻ってきた。

「奥さんと子供だよ。子供は僕の子じゃないかもしれないけどね。ハハハン」

奥様は切れ長の目をしたきれいな中国人女性だった。奥さんが抱きかかえているまだ二歳の男の子は弁髪にされている。きっとクワバラさんの趣味だろう。

結局その日クワバラさんとはキャバレーで行われる緊急公演についてはほどんど話さず、家族を交えた世間話に終始した。

「ジュリさんてさぁ、やっぱ話すと活動家みたいなとこあるよね。パレスチナで闘ってそうだもん。目がさぁ、それは活動家の目だよ、うん」

クワバラさんは一方的に私を評して勝手に納得している。

「ねぇ、なんでそんな六〇年代の人みたいなんだろうね、あなたは。レバノン、って感じするよ、とっても」

その時、私は活動家の意味もよくわからず、「あ、そうですか」と適当に聞き流し、目の前にある、豆のカレーやシシケバブやらをパクリパクリと食べ尽くした。

「エスニック料理好きでしょう。それも活動家の証だね。中東でもやっていけるよ」

にやにやと、クワバラさんはしつこかった。


急遽決まった十二月の毛布教公演。ホームページに告知を流し、チケットの受付をすぐに開始した。稽古、準備諸々の製作期間は二週間を切った。今回は通常のお芝居ではなく、深夜の六時間オールナイトレビューを三日連続で上演する。稽古期間がいつもより短いことが幸いしてか、ヒデコもメンバーもいつもよりテンションが高く、それが転じて躁状態のようだった。本番までは怒涛の日々、終電を気にして準備をしては間に合わないので、私は電車に乗るのをやめて、松戸の実家と稽古場を借りていた池袋、会場の六本木を車で行き来した。車はママが買い物用に使っていたマーチを横取りし、乗りまわしていた。

「ジュリが毎日乗っていたら、ママが買い物行く時はどうすればいいの？」

「知らないよ！　パパのクラウンでも使えば？」

「だって、あれ大きいから……小まわりきかなくて……」

ママは困ってしまったが、それどころではなかった。

睡眠もとらず、営業を終えたあとの深夜のキャバレーに入ってリハーサルをした時は、さすがに稽古にならず、稽古を返す合図で手を叩いた五秒後には意識を失って居眠りしてしまうなんて事態もあった。

その明くる朝、車を停めていた駐車場に戻った際にも、六本木の深夜駐車場料金の箆棒《べらぼう》に高い金額を見た五秒後に、また別の意味で意識を失った。

走るようにして迎えた本番初日は、奇しくも私の二十三歳の誕生日……だが全くそれどころではない。本番は二十三時開演。キャバレーの夜のイベントが終わるのは二十一時。同時に仕込みを開始することになっていたので、スタンバイの時間は二時間しかない。開演時間をきった二十二時過ぎ、突然怒鳴り声が聞こえた。

「無理だ！」

普段温厚なバカラくんがキレてしまったのだ。

「ふざけてる！　僕はもうこんなことやりたくない！」

そばにいた窓口くんが、バカラくんの肩を叩いて宥《なだ》めていた。誰も手を止めるわけにもいかず、準備を続けた。

結局開演時刻から一時間十分遅れた〇時十分に、本番がスタートした。もう中身はむちゃくちゃ。全員夢遊病患者のように無責任で横暴なステージを繰り広げた。私も躁状態で、衣裳合わせもしてないヒモパン一枚で楽屋からステージに飛び出していこうとした。

「ジュリーさん、それはないよ。やばいやばい！」

苦笑いしながら、バカラくんが慌てて私を止めた。とうに普段の穏やか好青年に戻っていた。

「そうだね、これじゃ毛も丸見えだしね」

私はバカラくんの言うことを聞いて、ヒモパンをやめ、毛が隠れる普通のビキニパンツに穿き替えたのであった。

終演後の乾杯は忘れられない。〇時からスタートし、公演が終わったのは明け方の六時過ぎ。前日の夕方以降食事を一切とっていなかった私は、空腹のヤマを二度ほど越してまた再びピークが訪れようとしていてヘロヘロのまま、すぐにビールに飛びついた。ビールが、ただのビールがあんなにもおいしかったことはない。この一杯のビールで、大変だったこと全てが帳消しになる気持ちよさ。こんなにおいしいビールをまた飲めるなら、何度でも同じ大変さを味わってもいい。

ヒデコが近寄ってきた。

「みんなでケーキ買おうって言ってたんだけど時間がなくて。みんなもいっぱいいっぱいだったから用意できなかったの。ごめんね。もう過ぎちゃったけど、誕生日おめでとう」

クワバラさんも私の元にやってきて、満足気な表情を見せてくれた。

「いやー毛布教初めて観たけど、おんもしろかったー。よくやるねぇ、あなた。このイベントの前に夜やってた連中も昔からの知り合いで面白いんだけど、彼等にも観るように言っておくわ」

そう言ってレビュー公演最終日にクワバラさんは「彼はアル中なんだけど、面白い俳優なのよ」と兼子信雄さんという俳優を紹介してくれた。

明くる日もそのまた明くる日も同じレビューを上演し、師走の深夜、クリスマスにもかかわらず三日間とも満員の観客で賑わった。深夜の六本木の片隅で躁病患者達のアングラレビューパーティーが繰り広げられているなんて、街行く人々は想像もできまい。私自身、毛布教の公演の中で最も楽しかった公演だ。まだちゃんとした大人にもなっていなくて、ただただ純真に、まっすぐ前に突き進んで、まさしくそれは青春だった。この時、青春を共にしたメンバー、ヒデコ、角丸さん、窓口くん、バカラくんの四人は、私にとって同志ではなく家族のようだ。愛を感じる。そして今後も、できるなら毛布教を共につくっていきたい、信頼のメンバーだ。

公演を終えたクリスマスの朝からしばらくの間は、ヒデコと毎日一緒に安らかに眠ることができた。

第5章
浮気、同棲、新婚旅行

年が明けて二〇〇二年、三月と五月に毛布教の公演を行った。ヒデコとの仲は相変わらずだ。劇団の調子がいい時は問題なく、悪い時は憎悪剥き出しの大ゲンカ。悪い時の事態は悪化の一途を辿っているようだった。それまで、稽古場で私が怒る時はだいたいがヒデコ一人に対してだった。ケンカを始めても他のメンバーは蚊帳の外に置くようにしていたのだが、もはやメンバーすらも目を瞑っているわけにはいかないような事態もたびたび訪れるようになった。

今までは短気を起こすとヒデコに集中して鉾先を向けていたのだが、それは恋人以外の人にあまり気持ちを出すことができないという私のねじ曲がった性根のせいだ。だが、もはやヒデコに対してだけでは納まらず、迷惑をより周囲へ広げるタチの悪い鉾先に怒りをぶつけるようになった。

私はついに、モノに当るようになったのである。

その頃、ヒデコは小劇場界で少し名が売れて、少しずつだが外部から舞台の出演依頼が入ってくるようになった。その日も他の舞台の稽古が終わってから毛布教の稽古に参加することになっていた。

夕方からの稽古、約束の時間になってもヒデコは現れない。毛布教では、ほぼヒデコが主演を務めているので、ヒデコがいないと稽古自体もあまり進行しないのだ。そして、今日は妙にラジカセの調子が悪い。ＣＤを入れてもなかなか再生しないのだ。私はイラついていた。演出助手を務めている出来野悪子が怯えながらラジカセの様子を伺う。

「コンセントと本体の接続が悪いみたいですね……」

その時、約束の時間から三十分以上遅れて、ヒデコが現れた。

「ごめんなさい、稽古が少し延びちゃって……」

ラジカセから音が出ないことでかれこれ五分ほど稽古が中断している最中だ。ヒデコは雰囲気を察しきれずに聞いてきた。

「あ、今はなんの時間ですか？」

出来野がそっと答える。

「ラジカセの調子が悪いんですよ、コンセントの接続が上手くいかないみたいで。さっきから中断してるんですけど」

「え、じゃぁ私電池買ってきましょうか？」

ブワガッッッシャアアアーン！　と私はラジカセを床に叩きつけた。ヒデコは小動物が怯えるように、唖然とする。

「いいよ、買ってこなくて！　早く着替えて、稽古入って」

「あ、はい、すみません……」

ヒデコは目に涙を浮かべていた。

出来野は、壊されたラジカセの破片をしっかり顔で受け止めてしまい、顔には赤い斑点がぽつぽつと浮かんでいた。

このことで、稽古場の雰囲気はもちろん完全に台無し。新しく毛布教のメンバーになった若い女子、笹本さんと京野さんも驚きのあまり硬直していた。角丸さんは「…………」と呆れ果てて黙ったまま、喫煙所に走っていった。赤い斑点を拭かずに、出来野は破壊されたラジカセの残骸集めに必死になっている。

「痛っ」

出来野はラジカセの破片で人さし指を切ってしまった。その後の稽古でラジカセの再生ボタ

ンを押すたびに、音楽と同時に、

「痛っ」

という呟きが聞こえてくるのであった。

「中指で押せば？」

私は、赤い斑点をいっこうに拭こうとせず、切った指先をわざと痛めつづけようとする出来野にいたわりの言葉もかけられなかった。

この日以来、私はたびたびラジカセを壊すようになった。毛布教の稽古場には常にラジカセを二台置き、万が一私が壊してもすぐに対応できるよう、ストックを準備していた。新人の笹本さんと京野さんは陰で「デストロイ重信」と私に女子プロレスラーのようなあだ名をつけたという。私がラジカセを壊しそうになると、すかさず長机「放送席」を引っ張りだして、その下に隠れるのであった。

果して、ラジカセにキレるのと、ヒデコにキレつづけるのではどちらが正しかったのか？

私はモノか恋人かでしばらく悩んだ。

だがヒデコはヒデコで私にキレることもある。帰り道、稽古場でのことを急に怒りだすのだ。

「もう、なんでまたみんなの前であんな言い方するの？　ほんとにひどいよね？　私をなんだと思っているの?」

「ごめんね、もう言わないから」

私は自分が穏やかな時はヒデコに対して常に屈服する。

「許してくれる?」

パァーーーンッ! ヒデコの平手が私のほっぺを打つ。帰宅のラッシュタイムで混雑する駅のホームのど真ん中で。女同士の痴話ゲンカに気づいたサラリーマン達が一斉に振り返る。

「えぇ……殴ることないじゃん」

「恥ずかしいでしょ、恥ずかしがればいいじゃん。そういう気持ちを味わったらいいんだよ」

電車がホームにやってきて、二人で黙ったまま乗り込む。この頃のヒデコはケンカをすると部屋にいようが公衆の面前だろうが、構わず私に暴力を振うようになった。

「顔は堪忍してください。一応女優なので」

「ふんっ。じゃあ腹か尻出しな」

ビュッ、ビュッと手のスナップをきかせて素振りをするヒデコ。中高生時代、「手卓球」と呼ばれる聞いたこともないスポーツの部活動を経験し、鉄板のように鍛えられしまったヒデコの手のひらの厚みは、もはや銃刀法違反に摘要されてもおかしくないほどの凶器であった。

いつしか酒量も増えて、よく酔っ払うようにもなった。

ヒデコが好んで飲んでいたお酒は「豪傑《ごうけつ》」という名の泡盛だった。

「アハハハハハハハハ！」

豪快に笑いながらエアギターならぬエア琉球三味線を弾いている時はまだ賑やかでよかったが、隣に座る角丸さんが飲む「サッドタイムズ（悲しみの時）」というバーボンを口にした途端、

「う。うううぇぇぇぇぇん……」

と急に涙を流しはじめる。目を真っ赤になるまで泣き腫らしたあとで、朝焼けを迎える。その頃にはひとしきり泣いて疲れて大人しくなったヒデコに「テキーラサンライズ」を酔い覚ましに私がそっと差し出すのが常だった。

「あ、もう朝？」

陽が落ちる時間から陽が昇る時間まで、ずっと飲みつづける日もあった。

感情の起伏が激しく、鬱っぽくなったり躁っぽくなったりするヒデコに、たじろぐことしかできない器量の乏しい自分が恨めしかった。

それでもなお、劇団運営に関しては不器用ながらも切磋琢磨して地道に二人で歩みつづけた。五月の公演でも去年よりもさらに毛布教の動員は増えつづけ、夏には、小劇場界の出世の登竜門と呼ばれる存在であった、下北沢駅前劇場での公演が決まった。私には映画出演のオファーなど、少しずつだが俳優の仕事も入るようになっていた。

そんな矢先、私に浮気症という病が再発してしまった。毛布教の新人女優であり、笹本さんと長机に隠れて「デストロイ重信」の実況中継を行っていた京野さん（21）だった。ショートカットで目がくりっとした女の子。ヒデコと別れることはあまり考えていなかった。ただほんのちょっと、「どんな感じかな？」とうっかり興味がわいてしまい、追いかけてしまったのだ。

「ヒデコさんと付き合っているんですよね？」

「え、付き合ってないよ」

「バレバレですよ」

「あ、ごめん付き合っているけど、もうそろそろ潮時かも……」

「えぇ？」

「今は京野さんのことが気になっちゃって」

「ダメです。付き合えません」

断られるとますます口説きたくなる、だらしのない性分に嫌気がさすこともある。しかし、口説いている時はとにかく相手を振り向かせたい一心でなんでもかんでも口にしてしまうのだ。それもまただらしないのだが。

「じゃぁ、とりあえず今度一緒にお芝居でも観にいこうよ」

普段から観劇が趣味の京野さんを誘って、京劇を一緒に観にいくことになった。ヒデコも京劇を観たいと言っていたのだが、一人で行くと嘘をついた。

「渋谷の『京都の部屋』で京野さんが好きそうな京都物産展があるんだけど、一緒に行かない？」

相手の趣味をついて、事あるごとにデートに誘った。私には趣味などないから、相手に合わせることは簡単なのだった。三度目のデートをした帰り、千葉の船橋に住む京野さんを、「車で家まで送るから」と言って私が降りる駅まで連れてきた。京野さんを駅の近くの喫茶店で数分待たせて、車で迎えにいった。

ドライブをしながら京野さんの実家のマンション前まで送り、車内でキスをした。それからしばらく京野さんと付き合うことになった。ヒデコには何も言わなかったが、薄々気づいているようだった。

しかし、この京野さんは付き合ってみると普通すぎた。ヒデコが特異だったからかもしれないが、付き合ってほどなくして、自分が京野さんになんの面白味もときめきも感じてないということに気づいた時はさすがに落胆した。それでもなんとか相手のいいところを探そうと、努力はしたがそれは逆効果で、相手の悪いところばかりが目についてしまう。さらに相手に失礼だとは思いながら、ついヒデコと比べてしまう。

食事をしても大概おいしいと言う京野さん。ヒデコならアレルギーで食べられないものが多いからなんでもいいというわけにはいかない。張り合いがない。京野菜は好きだと言っていたが……。

デートでの食事は口説いていた時にだいたい私がご馳走していたのが災いして、それが京野さんには当然になってしまったようだ。いつの間にか京野さんは「ご馳走さま」も言わなくなってしまった。レジで会計を済ます私を置いて、財布を出すこともなく先に店を出ていき、京都の油とり紙で顔の油をペタペタ取っている。ヒデコは私の財布事情を熟知しているから食事をする時ほぼ割勘であった。

京野さんはあんまりセックスが好きではなかった。京都湯葉料理くらいかなり淡白だった。ヒデコはどちらかといえばセックスが好きな方だろう。ヒデコの方がいい。

京野さんとは会話が弾まない。聞いてるのか聞いてないのかわからないような虚ろな返事をしながら、面白いこともほとんど言わない。京都の仏像や寺についての話はぼそぼそとすることがあったが、興味をそそられるほどの内容ではなかった。ヒデコは普段から毒気があって、二人でする会話にはもちろん笑いが溢れていた。

私はやはりヒデコが好きだ。ヒデコに戻りたい。

付き合って二週間、京都好きだということは十分にわかったものの、色気と食い気とセンスが意外にも乏しかった京野さんに、私は別れを告げた。

「やっぱヒデコさんがいいの？　私じゃダメなの？」

目を潤ませながら京野さんが聞いてきたので、

「そう、ヒデコさんがいいの。ごめんね」

私はピシャリと、ハッキリと自分の気持ちを伝えた。

京野さんは泣きそうな顔を見せたものの、結局泣かずに電車に乗って去っていった。以来、毛布教にも顔を出さなくなり、その姿を見ることはなくなった。

京野さんはその数カ月後、アルジェリア人の太鼓打見習いと付き合いはじめ、一人前の太鼓打を目指す彼を養うためにキャバクラに勤めはじめたという話を、京野さんの同期であった笹本さんから聞くことができた。

「彼の名前はアブデルファラヒッド・デ・モンテ・サルマターニャって言ったかしら。頭の弱い彼女は〝フルネームが覚えられない～〟って悩んでましたよ。私は覚えましたけどね。彼女、かろうじて頭の二文字だけは覚えたらしく、毎日〝アブさんアブさん〟言ってますが、ちょっと様子オカしいですよ。ジュリさんのことで傷ついてしまったことは確実です。目が笑わなくなりましたもん」

だが、私にはどうすることもできなかった。できるのは、アブさんが彼女にとっていい人でありますように、あるいは、偽装結婚に持ち込まれませんようにと願うことぐらいだ。

いつもひとこと余計な笹本さんはこうも言った。

「あの、私はもう少し毛布教でお芝居を続けたいので、お願いですから、私を誘ったりは絶対しないでくださいね。念のため、忠告です」


京野さんと別れたすぐ翌日、私はヒデコとアルバイト先で仕事が一緒になった。二人で配ぜんの仕事に登録していたのだ。その日は品川のホテルでの宴会。夕方に仕事が終わり、ヒデコは私に冷たかったが、「一緒に帰ろう」と無理矢理ヒデコと同じ電車に乗った。「話があるから」と言う私に呆れ果てている様子のヒデコは不機嫌を露《あらわ》にした。

「なんで？　京野さんと付き合ってるんでしょう？　もうわかったからいいよ、いちいち」

「京野さんとはダメだったの。やっぱり私は絶対ヒデコじゃないと嫌だ」

「勝手だねー」

「お願いだから、もう一度やり直してください」

「どうしよっかなー」

乗っていた電車は総武線の快速で、ちょうど錦糸町に着いたので、二人で降りて、駅の近くの喫茶店に入った。

「そごう、なくなっちゃったんだよね。なんか一年でも、すごい変わるよね」

ヒデコはしみじみと呟いた。

「もう、絶対浮気はしないから。ヒデコほどの女性はこの世にいない。ヒデコが最高。もう、他の人には今後絶対興味わかないって確信できた。これは京野さんと少し付き合ってわかったことだから自信がある。絶対、絶対幸せにするから、また付き合って。もうヒデコじゃなきゃ無理」

私が訴えつづけている間、ヒデコはずっと黙っている。

「……本当にそうなの？」

「うん。信じてほしい」

「怒ったりしない？」

「しない」

「私、キレられたりすると、すごくダメージ受けるんだよね。知ってる？」

「うん、わかるよ」

「ジュリがストレス溜めてることもわかるけど、私だって大変なんだから」

「それもわかるし、ヒデコのことだっていっぱい助けるよ」

「………はぁ。わかった。もう絶対浮気とかしないでよ。去年だってさ、本屋の」

「あぁあ！　忘れてたそれ！　そんなこともあったよね」

「勝手すぎるよね、私だって浮気するからね。いい？」

「……男の人だったらいいよ」

「ふーん、そうなんだ」

ヒデコのことなら私はなんだって許せる。

「じゃあさ」

そして、付き合いを戻すにあたってヒデコがある提案をしてきたのだ。

「もういい加減、事務所を借りて、そこに一緒に住まない？」

それは以前から二人の間で話していたことなのだが、それを実現するにはいろいろと面倒事を抱えすぎていて、踏ん切りがつかないままでいた。

「そうしたいけど、お金ないもん」

だが、踏ん切りをつけなくてはならぬ事情が差し迫っていたようだ。

「大学に置いてある毛布教の荷物を撤去してくださいって高木くんに何度も言われてるんだけど……」

高木くんは劇団セドリックの後輩で現在部長を務めている学生だった。これまで七回の公演を行ってきた毛布教の、衣裳や小道具などのうんざりするほどの大量の荷物は全て大学の劇団倉庫に保管されていたのだ。

「高木君が学生課にしつこく言われてるみたい。部外者の荷物を撤去しないと、セドリックの活動を禁止しますってさ」

ヒデコがこの春に大学を卒業し、今となっては毛布教のメンバーで大学に関わっている者は誰もいなくなってしまったのだから、「部外者」と言われるのも仕方ない。

「私ももう学生じゃないし、アルバイトしながらでも実家から出て、ちゃんと自立したいのね。毛布教もこれからもっと忙しくなるだろうし、大変になるよ。千葉では限界」

確かに、実家にいてはもう限界だった。公演がない時も毛布教の維持のための業務や何やらで、大概は都内にいる。松戸の私の実家から都内、千葉市のヒデコの実家から都内、松戸と千葉の往復、その三角形の移動距離と移動に費やす時間は、健全な精神を保つためのゆとりを明らかに奪って、実に不合理なものとなっていた。

「それにお互いの家を行き来する時間と体力がもったいないよね。ジュリとやり直すなら、一緒に住まないと、もう無理です」

「確かに。おっしゃる通りです」

「明日さ、部屋見にいこうよ」

「えぇ？　本気？」

「本気」

元のサヤに無事おさまったかと思えば、急展開だ。明くる日、ヒデコに連れられて池袋で家を探しはじめた。荷物を大学の倉庫から撤去したとしても、変わらず池袋周辺で稽古をすることになるだろうし、元々の拠点であった池袋をそのまま根城にすることが何かと好都合だろうというお互いの判断から、場所を江古田や要町、椎名町、落合周辺に絞ることに決めた。

私は生まれてこのかた二十数年間、一度たりとも千葉の実家から引っ越したことがなかったので、家賃の相場から、間取り図の見方まで何もかもちんぷんかんぷんだ。

「できたら敷金礼金のどっちかでも一カ月分だったりしたら助かるよね」

不動産屋の前に貼ってある図面を眺めながら、ヒデコが何やら耳慣れない単語を使うので、私はついていけない。

「敷金て何？　礼金て？」

「えー。敷礼のこともわかんないの？　あのね、敷金ていうのはほにゃららほにゃららで」

ヒデコの丁寧な説明を聞いても私は納得いかない。

「えー、なんでそんなに支払うの？　意味がわからない」

「そういうもんなの」

私は不動産を借りるための準備金を全く用意していなかった。私はヒデコに不動産を借りる際の初歩的知識を全て教わることになった。

「なーんか結構大変なんだね。もっとするっと借りられるものなのかと思ってたよ」

「甘い甘い。わからないことがあったらなんでもヒデコに聞いてね。ジュリが一人で物件探してたら大変なことになっちゃうよ」


最初に見たのは都営大江戸線「新江古田」駅近くのアパートだ。環状七号線から路地を入ったところにある、駅から徒歩五分くらいの場所にあった。アパートの周辺には梅雨の香りを吸った緑があちこちに生い茂っていた。間取りは２Ｋ。絶対に部屋は二つに仕切られていないと二人暮らしは成立しないと私に得々と弁じていたヒデコが選んだ物件だ。

「ここは、夜は人通りが少なくて恐そうですね」

ヒデコは不動産屋になんでも確認する。

「洗濯機置き場は外ですか？」

「向こうの部屋にエアコンがありましたが、こっちの部屋にはないんですね」

「トイレ狭いですね」

「電話線口はどこですか？」

「隣はどういう人が住んでらっしゃるんですか？」

パキパキと室内をチェックしていく。なるほどね、と私は感心することしきりだった。一通り確認事項を済ますと、ヒデコは不動産屋に礼を述べた。

「わかりました。どうもありがとうございました」

不動産屋が立ち去ると、私はヒデコに尋ねた。

「どうだったの？　ここはいいの？　悪いの？」

「微妙かなぁ。もっといいとこあると思うけど」

「そうなんだ」

「ジュリはどうなの？　ここに住みたいと思う？」

「うーん、わかんない。でも部屋が二つしかなくて、リビング的なスペースがないじゃない？これじゃ、ただのお隣さん同士の共同寮生活みたいじゃん。二人の個人の部屋だけじゃなくて、共用の語らいの場所がほしいですね。単なるルームメイトと住む部屋だったら十分だけど、恋人と住むにはちょっと素っ気ない気がする」

「贅沢じゃない？　一方の部屋で語らえばいいじゃん」

「2Kだったら、大きいワンルームの方がいい」

「ダメ。絶対ケンカする」

「でもここは、シズラーがすごい近くにあるから、そこはいいよね」

シズラーとはハワイアンスタイルのビュッフェが楽しめるファミレスだ。シズラーの、感動的に充実したビュッフェを、私はこよなく愛していた。

「シズラーなんて、毎日行かないでしょ」

「でもそばにシズラーあったら、毎日行っちゃうかもよ」

「あーダメダメ、そんなことで決めちゃあ」

「シズラーシズラー言ってたら行きたくなっちゃったよ。行こ」

私とヒデコはお部屋選びを中断し、シズラーで食事をとった。再開が面倒になるほど、満腹になってしまったので、結局その日はその物件しか見ていない。

ヒデコが不動産屋でもらってきた大量の物件情報と睨めっこしながら言う。

「やっぱ江古田よりも、要町とかもっと池袋に近いところの方がいいよね。あ、パラダイステイーおかわりください」

「ふむ。あ、私もパラダイスティー」

私はあまり実感がわかない。実家以外だったらどこでも便利な気がした。

「いろいろあるけど最終的にはさ、自分が住みたいと思ったところが一番だよね。生活を想像できるところ」

トロピカルなパラダイスティーが運ばれてきた。

「そうなんだ。あ、パラダイスティーおいしい」

「そう、パラダイスを描けるようなとこじゃないと、ダメね。だから、ジュリが〝ここはパラダイスになる！〟と思えたところは気にかけておいてね」


パラダイスを求めて、私達は明くる日からまた物件探しに奔走した。

「池袋で、パラダイスって言ったら北口の風俗街のことだけど、その辺りでいいの？」

他意なくそう言ったのは、四、五件目に訪れた不動産屋で暇そうに爪を磨いていた、中年の痩せ細った女性だった。神経質そうな小さな老眼鏡を鼻にかけ、三白眼になりながらジロリとこちらを見た。

「女の子二人？　友達？　姉妹？」

「友達です」

「友達同士はね、ダメよ一緒に住んじゃ。ケンカするか、一方に彼氏ができるかで、結局どっちかが先に出ていっちゃうんだから。そしたらさ、家賃払えなくなるでしょ」

爪を磨く音が、きゅ、きゅ、と聞こえる。

「大丈夫です。ずっと仲のいい友達なんで」

「女同士はね、ダメよ。ケンカするとモノが飛ぶから。男同士だと殴り合い。殴り合いならまだよし。お互いに傷ができるだけで部屋は傷つかないから。モノが飛んだらさ、壁汚すわ、床傷つけるわ、襖破れるわだし、お部屋にとってはタチが悪いのね。頼むから、ケンカしたら、モノじゃなくて殴り合いにしてくれる？　パーでもグーでもよいからね」

ヒデコと私は思い当たるふしがあると、お互いの顔を見た。

「ケンカしません。ケンカしないために一緒に住むんですよ」

「はぁ？　とにかく約束ね」

爪磨きのための道具をパタンと机の引き出しにしまい、機械的に物件のファイルをめくりだした。まるで「物件と爪以外には興味ない」と言わんばかりだ。

「爪が輝いてないと、調子出ないのよ」

爪のことなど何も聞いてないのに、私達の心を見透かしたかのように、ぼそっと呟いた。

「はい、じゃ参りましょう。車じゃなく電車よ」

内見希望のリストを勝手に決めて、その爪オバサンは私達を先導しスタスタと歩きだした。

爪オバサンのデータから抽出された物件は全部で三つ。千川のアパートが二件、要町のアパートが一件。

「北口の風俗店で働くなら、少し静かな要町か千川に住居を構えていた方がいいわよね。あの辺りは池袋の猥雑な夜の喧噪に疲れた若者を、掃除機で吸い込むように、静かな闇に誘ってくれるのよ。闇の美しさよりも、驚くべきは、その凄まじくパワフルな吸引力。吸い込む時にゴミもゴミみたいな人間も一緒に連れてきてしまうから、変な人もたまにいるけど、大丈夫。街には交番ていうミニミニ国家権力があって助けてくれるから。困ったら、交番に行きなさい」

池袋から二駅目の千川に向かう間、爪オバサンは淡々と喋りつづけた。だが、お喋りというよりは、それは長い長い一人ごと。私達の顔は一切見ずに、ずっと自分の爪を眺めながら一人ごちている。爪の中に何かが見えているようでもあった。

千川に着くと、一人ごとはぴたりとやんだ。つんつんつんつんとタツノオトシゴのように歩きだして、バスの停留所のベンチに座り込んだ。顔色がおかしい。

「ここで待ってるから、勝手に見てきなさい。陽射しが強くて貧血起こしちゃったみたいなの。これ、鍵」

私とヒデコは爪オバサンから鍵を受け取り、千川の二件の物件を見たが、大してよくなかった。バス停に戻って爪オバサンに鍵を返すと、幾分顔色の戻った爪オバサンから、

「じゃ、次これ要町の方。歩いてすぐだから。行ってらっしゃい」

とまた、鍵を渡された。

「もうちょっと休まないと」

爪オバサンはそのままバス停のベンチで腕を組んだまま地蔵のように固まってしまった。

「なんか、放任主義だね、あのオバサン」

ヒデコは私に囁《ささや》いた。


私達は不動産屋の立ち合いもないまま、渡された住所に従って行き当った要町のアパートのドアを開けた。

パラダイスの風が吹いたのはその時だった。

「ひゃー」

ヒデコが穿いていた白いスカートをマリリン・モンローのように押えた。

「うわぁあ」

私は、風の勢いでコンタクトレンズがずれ、マリリン・マンソンのように片目だけ白目を剥いた。

「なんかここ、いい感じじゃない?」

「そうだね、日当たりいいし。駅からも近いし」

ヒデコもまんざらでもない様子。

「私、結構気に入った」

コンタクトレンズを戻し、目薬をさして視界がクリアになった私は、部屋の中を徘徊しはじめた。

「でも一個気にならない？」

心配性のヒデコが首をかしげた。

「何？」

「部屋がさぁ、ドアで仕切られてないじゃん。奥の部屋に行く時に相手の部屋を通らなきゃいけないんだよ」

「私は気にならないけど。その方が近くにいるみたいでいいじゃない」

「じゃあどっちがヒデコで、どっちがジュリの部屋？」

「私、奥の狭い方でいい。本書く時、狭い方が集中できるから。そんで本を書かない時は襖を開けてヒデコとテレビ見る」

「大丈夫かなぁ」

「うん。私はこの部屋でヒデコとのパラダイスな同棲生活が想像できるよ」

「まぁ、でも庭がこれだけ広かったら劇団の荷物も全部置けるしね」

アパートの部屋は一階にあった。左隣の家には盆栽が並び、右隣の家には小さな菜園があった。中央の私達の庭には劇団の倉庫を置くのに十分な広さがあったこともポイントが高かった。

「決めちゃおっか」

「うん。決めちゃおう」

私とヒデコはバス停のベンチで眠る爪オバサンを起こしにいった。

「あぁ、決めるの。じゃぁ次は契約だね。北口の風俗店で働くことは大家さんには黙っておくから、派遣とか、適当に言っておきなさいね」

ようやく、私とヒデコの新居が決まった。

新居が決まると私は両親に、ヒデコと事務所を借りて一緒に住むことを宣言した。

「ぜっっっっったいダメ。そんなことしたら野垂れ死んでおしまいよ」

ママは案の定反対し、到底引っ越し資金を貸してくれそうな気配はなかった。私はまた消費者金融に走り、五十万円を借りて仕度をした。保証人のハンコだけは、どうにか説得をしてもらうことができた。

ヒデコと私の新居となる要町のアパートは２ＤＫ。家賃は十三万五千円。引っ越しはレンタルした軽トラックを私が運転し、まずは松戸の私の家で夜逃げならぬ昼逃げ状態で、親から逃げるようにして荷物を積み込んでから、次に千葉市のヒデコの実家に寄ってヒデコの荷物を積み込んだ。ヒデコの御両親はさほど反対していないようだった。親からなんの信用も得られていない私とはまるで環境が違う。

「宜しくお願いしますね」

ヒデコのお母さんからご挨拶を受け、軽トラックは京葉道路を走り、都内に向かった。

「もう、これは結婚だよね。私ジュリと結婚する覚悟じゃないと絶対一緒になんか住めないよ。大丈夫かなぁ、ケンカしないかなぁ」

「大丈夫だよ。一緒に住んだら、ずっと一緒にいられるし。時間的にもずっと楽になるんじゃない」

「そうだよね。今まで無理したもんね。がんばろうね」


付き合ってから二年が経過した二〇〇二年六月、私達はついに同棲生活をスタートさせた。生まれて初めて実家を出た私は、都内で恋人との同棲生活に心ときめき、天に向かって羽ばたくような自由な気持ちになった。同棲生活が始まってしばらくの間、私とヒデコは付き合いはじめの時のようにまた蜜月の関係に戻った。

「新婚さんみたいだね」

と言うヒデコは若奥様みたいで本当に可愛らしい。

「ジュリはすぐ無駄遣いするから、光熱費とか食費とかきっちりやるからね」

「うんわかった」

「掃除当番も決めるんだよ。私はダストアレルギーだからホコリとかうるさいよ」

「知ってる」

「あと、一人の時間も大切にしたいから、そういう時は邪魔しないこと。大丈夫？」

「大丈夫、大丈夫」

「あと、ここ一応事務所だから、商売繁盛の熊手を置いておこうね」

ヒデコはキャッキャッとはしゃいで部屋の装いを整えていく。

本当に新婚生活であるかのように幸せだった。

食事はお互いの気分で交代でつくる。

「創作料理だよ」

と言って料理を出すことが多いヒデコは決して料理が得意な方ではなかったが、そんな不器用さもまた微笑ましく、可愛らしい。夏だったこともあって、夜はだいたいそうめん。朝はパンを焼いて、昼は外でランチ。散歩に出かけたり、ビデオを観たり、錦糸町での生活が戻ったように快適で、楽しい日々だった。

七月のヒデコの誕生日を前に、新婚旅行にも行った。と言っても関西の劇団「維新派」を一目観ようと、岡山の離島、犬島への一泊旅行。

ヒデコは元々旅行が好きで、私が「誕生日は岡山旅行をプレゼントする」と言ったら大層喜んでくれた。二人で旅行に行くのは付き合う前に行った伊香保旅行と、付き合ってから追憶するようにまた行った二度目の伊香保旅行、花火を見に仙台旅行とこれで四度目。

山の中に突如出現する岡山空港に着陸してから、バスで岡山駅に移動。駅の中のショッピングモールで、虫よけスプレーや日焼け止めクリームなど一日分の日用品を買った。岡山駅では桃やぶどうやマスカットなど名産の果物が売られていた。私とヒデコは目を光らせて、その名産品のフルーツ達をじゅくじゅくと観察した。

「おいしそう」

「でも高いね」

「買えないね」

「帰りに余裕があったら買って帰ろうね」

岡山でラーメンを食べるのが私は楽しみだった。コンビニのガイドブックを立ち読みして調べたラーメン屋に早速ヒデコと向かった。私は「とんかつラーメン」という、ラーメンの上にとんかつが乗ったラーメンを食べることを最初から決めていた。ヒデコは野菜がたくさん入ったラーメンを食べていた。とんかつラーメンはおいしかった。

それから私達は、犬島行きのフェリー乗り場に向かうバスを探した。

「これかな?」

「こっちじゃない?」

海辺に向かうバスは二つあった。私達は迷ったが、先にやってきた方のバスに乗り込んだ。

バスは市街地を抜け、青々と広がる田んぼ道と、家というより「蔵」のような立派な軒並みの農家の間を抜ける狭い道を通り、舗装されていない砂利道をガタガタと音を立てながら走っていった。私とヒデコは岡山の自然の空気を吸い込みながら、その情景をにこやかに眺めていた。バスに乗って一時間が経過した。

「着かないね」

「なんか、間違ったんじゃない?」

「でもフェリー乗り場に着くって書いてあったよね」

私達が不安になりかけたその時、バシャーン、バシャーンと魚が跳ねる音が聞こえた。

「飛魚だよ!」

そう言って私が窓の向こうを指すと、ヒデコがパッと表情を明るくして窓に顔を寄せた。

「違うよ、飛魚じゃなくて、あれ人じゃない?」

真っ黒に日焼けした地元の高校生達が、石で造られた防波堤から次々に海へ飛び込んでいた。彼等はTシャツを脱ぎ捨て短パン姿となってジャンプを繰り返していたが、観光客が乗ったバスが到着すると、より一層、派手に飛び込むようになった。

「ああ、船着き場だよ！」

私達がフェリー乗り場と思って辿り着いた場所は、犬島に向かう遊覧船乗り場だということがようやくわかった。十人も乗ればいっぱいの小さな漁船のようなその船に乗り込むと、私とヒデコは興奮した。野蛮なエンジン音を響かせ、勢いよく海に飛び出していった。

波の飛沫が顔にかかり、見たこともないピラニアのような魚がぴょんぴょん飛び跳ねている。

「なんか、タイに来たみたーい！」

私もヒデコもタイには行ったことがないが、犬島に向かう遊覧船から見た海の景色と灼熱の陽射しは、異国情緒を体感できるほど気持ちよかった。船からは遠くに瀬戸大橋と、名前もわからない、いろんな島が見えた。

「あれ、鬼が島かな」

「わかんない」

「あ、あっちが鬼が島か」

視界に入ってくる島はだいたい鬼が島と名づけられた。そうこうしているうちに、目的地である犬島に到着した。

「うわぁ〜、銅の匂いがする！」

犬島には銅の精錬所の跡地があった。海辺の石ころは銅の成分がこびりついたままで、土や植物はきれいな銅色に輝いている。ヒデコと私は借りていたバンガローに荷物を置くと、犬島を散策しはじめた。

太陽が煌々と眩しかったが、突如、雷雨に見舞われ、じっとりと汗ばんだ肌は気持ちよく洗われた。私達はトトロが持っているような大きな葉っぱを見つけ、それを傘代わりに、雨宿りできる場所を探した。雨が上がると、小川から道に小さなカニが這いつくばって出てきたのをヒデコが発見した。

「あーカメラ持ってくればよかったねー」

そういえば、私達は旅行先での写真を一枚も持っていない。この時も、カメラを持ってくることなどすっかり忘れていた。

夕方になると、犬島には維新派のスタッフが運営する屋台が次々とオープンして、益々活気づいた。夕陽の中で奏でられる音楽、食べ物を焼く匂いや煙、人々の喧噪でごった返していた。

「沖縄に来たみたーい」

私とヒデコは沖縄にも行ったことはないが、確かにそう感じた。

十九時の開演を待つ間、私達はビールを飲み、屋台で買ったケバブをかじった。

この夜空の下では、なんて多くのことが繰り広げられているのだろう。維新派の野外劇を観たあとに、再び屋台でタイヌードルとトウモロコシとビールを買い込んで、近くの海辺でヒデコと花火をしながら、私は夜空を見上げた。日本中で世界中で、同じ空の下とは思えないことがきっとたくさん行われている。途方もなく、吸い込まれそうな気分だった。

明くる日、今度は無事にちゃんとしたフェリーに乗り、岡山駅周辺を市電に乗りながら少し観光したあとで、再び飛行機で帰路についた。

「あー、フルーツ買うの忘れた」

ヒデコが飛行機の中で思い出した。

「でもマスカットのソフトクリーム食べたからいいじゃない。楽しかったね」

この犬島旅行はヒデコと行った最後の旅行だ。

ヒデコが部屋に飾った商売繁盛の熊手が功を奏したのか、不思議なことに要町での生活が軌道に乗ると毛布教の活動は充実しはじめ、ヒデコと私の仕事もどんどん増えていった。

「やっぱり都内に出てきてよかったね。引っ越し効果じゃない？」

いいことばかりが続くのでヒデコも私も顔がほころんだ。

そして次に控えている八月の公演を前に、毛布教には制作志望の東向寺さんという、偏差値お化けのような才女が入団した。

「私は証券アナリストの資格を持っていまして、証券会社にいつづけたら、そりゃあ数年後には年収二千万は下らないキャリアウーマンにもなれたでしょうが、昨年ニューヨークであのテロが起きてから、会社にいても仕方がない気がしてきたんです。そんな時に毛布教を観て、衝撃を受けました。この人達なら世界を救える気がしたんです。そして証券会社を辞し、毛布教の制作になることを決めました」

大丈夫かなこの人？　とヒデコと私は一瞬首をかしげたが、私達がのたうちまわって苦しんでいた制作の仕事を彼女に任せることができると思うと心は躍った。

「私は会社では億単位のお金を処理していたんですがね、劇団の経理はやっぱアレですね、一円単位で気にしていかないとまわらないもんなんですね。私は資産運用が専門でしたので、この一円単位が命取りの現金勝負にはいささか疑問を感じますが、社会を変える劇団だと思って、まぁがんばります」

最初のうちこそ、天下りの国家公務員かと思うような小言をぶつぶつと言っていたが、仕事の方はさすが元証券アナリストだけあって明晰なコンピューターのようにバリバリとこなしてくれた。私にもようやく時間の余裕が生まれ、アルバイトをしながらも、台本書きに集中することができたのだった。

とにかく順風満帆で、お互いが千葉の実家を往復していた頃とはまるで違う新しい世界での生活に二人とも満足していた。

地獄から天国に抜け出したかのように、順調な日々が続いて、八月、駅前劇場での毛布教公演も無事終了した。動員は増えつづけ、世界は広がる一方だった。稽古場や自宅でヒデコとケンカすることはあったが、それはおもに芝居の内容に関わる前向きな議論であり、ストレスをぶつけ合うようなこともなくなった。

しかし、永遠に続くことを望んでいたはずの、要町での同棲生活は十カ月で終わることになった。同棲生活の終わりと共に、私達は恋人関係にも終止符を打った。

第6章
大恋愛の終わり

ヒデコと別れるキッカケをつくったのは私だ。私が悪い。

要町で過ごした、夏、秋、冬までは順調だった。

私は年始に出演することになっていた他の劇団の公演の稽古と、年明け一月に予定されていた毛布教の台本執筆で忙しくなったためアルバイトに行かなくなり、ヒデコがアルバイトをして稼いだお金で生活をするというヒモのような事態になったが、それは原因ではない。

ヒモ状態である時、ヒデコがアルバイトに行くのを見送ったあとで、台本を書きだすかと思えばパソコンには向かわず、一日中テレビのワイドショーに食らいついては、北朝鮮拉致被害者が帰国する生中継、拉致被害者が故郷に帰る生中継、拉致被害者が送るその後の生活の生中継をリアルタイムで欠かさず観るなど一時的に北朝鮮ウォッチャーにもなったが、それも原因ではない。

台本も書かずに家で偉そうに、客演した舞台でのヒデコの芝居にダメ出ししたことがある。ヒデコは逆上して、台所から包丁を取り出し、

「ジュリのこと殺して、私も死ぬ！」

と切っ先を私の咽元に突きつけてきたこともあったが、それも原因ではない。

直接の原因は私の女性問題だった。しかし今回は浮気ではなく、本気だった。

私にはどうしても好きになってしまった人がいた。それは何度も何度も、以前のような失敗を繰り返さないように、頭の中で反芻して確かめた。だが、私はやはり彼女のことを好きになってしまっていた。


二〇〇三年。年明け一月末に行った毛布教の第九回公演で澤口靖子という女優と出会った。年齢は二十九歳、凄まじい魔性の魅力を携えて、当時二十四歳の私には頭がくらくらするほどの色気をムンムンと発していたのだった。

澤口さんは顔の五倍はある激しいボリュームのパーマがトレードマークで、一見獰猛そうではあるが、周囲への細やかな気配りを忘れない繊細さと、魔物のような美貌を兼ね備えたダイ

ナイマイトプッツン女優であった。ところが普段は、悪魔や魔女を思わせるような黒は一切お召しにならず、オシャレなTシャツとオシャレなGパンをラフに着こなし、またさらにオシャレなスニーカーを履きこなした、オシャレ尽くしの出で立ちで、

〜ダーイナマイトプッツンプッツン
ダーイナマイトプッツンプッツン
間違ったことしたらキレちゃうぞ
間違ったことしたら食べちゃうぞ

という、彼女が独自に考案したという非常に親しみやすいメロディーのわらべ歌を陽気に歌いながら、稽古場に登場するおしゃまさんでもあった。

そのダイナマイトたるや、普段押し黙ってその悪魔並に鋭い目つきをギラギラと輝かせている時は斬新なフォルムの最先端アートとして目に焼きつく存在に過ぎないのだが、その導火線に火をつけてしまったら最後、爆発までの時間、じりじり、じりじりじりと相手を脅かしたあとで、

ぶおああぶおあああふぉおぼかあああああああん！

と原子爆弾のような想像を絶する威力でもってプッツンする。彼女がプッツンした時、キノコ雲は出ないが、火山灰が降る。人々がその火山灰から逃げ惑い前後不覚に陥ったところで、すかさず彼女は自分の住む「魔界」へと一挙に強制連行するのであった。そして、我々が還るは

ずの心の安住に電話をよこし、「身代金」の代わりに「身代愛」を要求する。

私は彼女の身代愛の要求についほだされて、警察も呼ばずに一人で会いに行ってしまったのだ。そして身代愛を渡すと同時に、そのまま彼女の目の住処である、「魔界」に吸い込まれてしまった。

魔界の入り口から、澤口さんが休息するペルシア絨毯敷きの寝室までの道のりは長かった。

まず入り口では、黒く塗りつぶされたマアライオンの彫刻が出迎えてくれた。マアライオンの口に手を差し込むと、いよいよ門が開いた。門が開くと、いきなりGカップはあるだろうと思われる巨乳の女神が仁王立ちしている。巨乳の女神は鉄の鎧で胸を隠しているが、隠しきれずに深い谷間を強調しながら半乳が飛び出ている。健康的な男子なら、触らずにはいられないだろう。女性を愛する健康的な女子である私も、もれなくその欲望をかきたてられた。だが、鉄の鎧を触ることはおろか、巨乳の女神に近づこうとすると、その三歩手前で電流が走り、驚いて後ずさると師の影を踏みそうになる。師の影はまさしく彼女の心でもあった。体にも触れず、まさか心を踏むわけにもいかず、私は行き場を失った。

ドヒューン！

すると、いきなり核弾頭をつけたミサイルが飛んできた。ミサイルを飛ばしてきたのは巨乳の女神のずっと後方に立っていた四角い顔の鉄人28号。鉄人28号は鬼のお面を被っている。鉄人は容赦なくミサイルを私に発射しつづける。

が、ミサイルだと思ったのは私の錯覚で、飛んできたのはなんてことない、単なる節分豆であった。


「鬼は外！　福は内！」

公演も無事終わってすぐの、二〇〇三年二月三日、節分だったその日、要町の私とヒデコのアパートに澤口さんは遊びにきていた。玄関と窓辺に豆をまいたあとで、大量の節分豆をつまみに、焼酎を飲みながら、チゲ鍋が煮立つのを待っていた。

「豆以外におつまみはないの？」

澤口さんが目を丸くして言った。

「枝豆と、レンズ豆とヒヨコ豆と、あと小豆もありますよ」

ヒデコが台所に向かった。

「この家は豆だらけだね」

「ヒデコちゃんが豆好きなんですよ」

「まぁおいしいけどさ、豆ばっかり食べてたらチゲ鍋食べられなくなっちゃうね」

「豆、片しましょうか？」

「いいいいい、豆あっていい」

澤口さんは惰性で豆を食べつづけた。

「止らないね。豆人間になっちゃうね」

「あ、昨日つくったチリコンカーンの残り物でよければ、ありますけど」

ヒデコが台所から声をかけた。

「いいいいいい、豆は十分頂いてるから大丈夫よ。もうすぐお鍋できるでしょ」

しばらくして、大豆がたくさん入ったチゲ鍋が完成し、三人でつつきあった。

「大豆が入ってるチゲ鍋なんて初めてだわ〜」

澤口さんはいたく感心していたが、私が取り皿に大豆をたっぷり掬おうとすると、

「あ、豆は少しで結構よ」

と、軽く拒まれた。

「大豆チゲ鍋は栄養価高いんですよ」

「あ、うんうんうん。それはわかるんだけど、お豆腐とかお野菜の方がおいしそうよね」

私がしつこく薦めると、澤口さんは口では柔らかな物腰を崩さないまま、私が掬おうとするお玉の先をじっと凝視している。

チゲ鍋のあとはモノポリーをした。なかなかモノポリーのルールを覚えない澤口さんはしば

らくしてルーレットをまわすのを完全に放棄した。

「ダメ、全然意味わかんない。ねー、トランプある？　セブンブリッジやらない？」

それからセブンブリッジが始まった。三人でワインを二本開け、三本目が空になるまで、ひたすらセブンブリッジの勝負を続けた。要町の自宅兼事務所には公演の御祝に贈られた、飲みきれないほどのワインが放置されたままだった。

「もう一本開けましょうか？」

ヒデコが言うと、澤口さんは時計を見た。

「あーもう朝だね、そろそろ帰るわ。いろいろご馳走さま。お邪魔しましたー」

千鳥足のまま、タクシーに乗り込む澤口さんの姿を二人で見送った。


「今度ゆっくり二人のお家で改めて打ち上げでもしましょうね」

公演終了後の打ち上げの席で交わした社交辞令ともとれる約束を、彼女の舌の根も乾かぬそのすぐ三日後の、この節分の日に実現させたのは、私がすでに澤口さんの魔力にふらふらと引っ張られていたからだった。

澤口さんが帰ったあと、私はヒデコと一緒に布団に入りながら、そわそわとメールを送った。

『また今度、飲みにいきましょうね』

一般的なご挨拶として送る分には、おかしな内容でもタイミングでもないが、私は思っていることが顔に全て正直に出てしまうので、ヒデコがすぐさま訝《いぶか》った。

「なんかジュリ、にやけてるよ」

「えっ！」

「誰にメール打ってんの？　澤口さんちの靖子さん？」

「だって、遊びにきてくれたから御礼メールね」

「ふーん。澤口さんのこと好きなの？」

「え、好きっていうか色っぽいお姉さんだし、好きっちゃ好きだけど、色っぽいお姉さんだからね」

「何、動揺してんの。信じられない」

「でも付き合いたいとか、そういう気持ちではないよ。だって澤口さん、恋人いるって言ってたしね」

「え、何、じゃあ恋人いなかったら付き合いたいわけ？」

「ちがちがちがちが」

「もう、バカっ！」

ヒデコはそっぽを向いて布団にくるまってしまった。

明くる日、私が目覚めるとヒデコの姿はなく、リビングとして共用していたヒデコの部屋のテーブルに、置き手紙が残されていた。

『具合がよくないので、しばらく実家に帰ります』

その置き手紙を押えていたのは、落花生の形をした箸置きだった。

私はすぐさま、ヒデコに電話をした。

「なんで？　どうして帰っちゃったの？」

「だからぁ、別に昨日のこととか関係ないけど、私この間の公演終ってから、ちょっとキツいんだよね」

「何が」

「わかんない。とにかく精神的にしんどい。一回実家に帰って休まないと、ひどくなっちゃうかもしれないからさ。今後ジュリと暮らしていくにしても、今は一旦距離置かないと無理なの」

妻が出ていってしまった。

妻が出ていってしまった男の心は、こんなにも所在なく淋しいものとは。私は妻の不在を心から嘆き、孤独感に苛まれた。

妻が私に差し出してきたカードは、ストレートフラッシュだ。今まで妻とは一枚ずつカードを出し合って、地道にワンペアをつくっていたのに。突如出された晴天の霹靂《へきれき》「妻のストレートフラッシュ」は眩しすぎて、私は溜め息と共にゆっくりと目を瞑った。

澤口さんが出してきたカードは、ストレートフラッシュの上を行く、なんと「ロイヤルストレートフラッシュ」だった。

ヒデコが実家に帰ってしまってから一週間が経った頃、私は澤口さんの家で、澤口さんと二人でポーカーをやっていた。私が持っていた五枚のカードはフルハウスを示しており、この勝負は勝つだろうと、自信満々にカードを見せた。

ニヤリと一瞬、意地悪な微笑を見せ、澤口さんは持っていたカードを裏返した。まぶしすぎて、今度は目が眩んだ。

「ナイルの、賜物だ」

私は文明の曙を体験したエジプト人のような気持ちで、その一瞬のフラッシュの光りの中へと溶けていった。

ロイヤルストレートフラッシュが出る確率は六十五万分の一。プロのポーカープレイヤーでも十三年に一度しか出せない、とにかくすごいカードだ。妻のストレートフラッシュよりも上を行くカードだった。

「重信さん、ポーカーは、プレイ（続ける）するの？　それとももうフォールド（やめる）？」

「澤口さんは、強運の持ち主なんですね」

「ポーカーは昔から強いのよね。でも私今、大殺界よ」

「大殺界中に、ロイヤルストレートフラッシュ出せるなんてとんでもないですよ」

「そう？　でも今日のロイヤルストレートフラッシュは単なる偶然。まぐれ」

偶然やまぐれが引き起こす力は、時に、長年培ってきた努力や実績をも簡単に打ち負かしてしまうくらいの、絶大で奇跡的な力を持っている。同じトランプゲームの大富豪や、カードゲームのUNOには「革命」という名のカードがあるが、奇跡は革命とは違う。

奇跡は奇跡だ。この世に奇跡を起こせる人間は、きっと限られている。何を以て奇跡と言うのかは人それぞれ一様ではないが、この時の私にとって、目の前に現れた澤口さんの存在はまさに奇跡のようだった。私は観念し、この引っ張られていくような奇妙な感情を、恋の奇跡として認めることにした。

「重信さん、なんかフラフラしてるけど、大丈夫？　飲みすぎちゃった？」

「いえ、あのもうズタボロでクラクラで、あなたにメロメロです」

「んまっ！　大殺界の住人であるこの私に？」

大殺界だろうが、魔界の住人だろうが、もういいのだ。関係ない。一度魔界に入ったら、巨乳の女神も鉄人28号もすり抜けて、寝室の澤口さんの元に向かうしか道はないのだ。

「でも私はあなたと付き合う気はありません。悪いけど」

「でも、いつか澤口さんの気持ちが変わったら、私と付き合ってください」

「だってあなた港乃さんと付き合ってるのによく言うわ。ちゃんと港乃さんのことを大切にしなさいな」

「港乃さんとはこれからどうなるか、わからないです」


それでもヒデコのことは愛していた。

数日後、私はヒデコの実家に行き、まだ具合がよくないと言うヒデコを要町の家に連れて帰ってきた。そうして、何時間も話し合ったのだ。今までお互いの関係の中で神経を張りつめてはすり減らしてきた痛々しい日々を思い出しながら、もう壊れてしまいそうな心の異常事態を、確かめ合った。

ヒデコは最初は穏やかに淡々と喋りつづけた。

「私達はさ、一緒に芝居やるか、恋人になるかもうどっちかにした方がいいよね？　私無理だもん、もう、一緒にお芝居やりながらジュリさんと恋人でいつづけるの」

「…………私もヒデコがいると甘えちゃうし、全部ぶつけるし、ヒデコが疲れるのわかりながら、いたわりたい気持ちもあるのに、それでもまた怒ったりしちゃうのは、自分でどうしていいかわかんない。申し訳ないと思う」

「澤口さんのことは好きなの？」

「うん。でもまだわからない。ヒデコのことを愛してる」

「でももうダメだよね。私は、この間の公演でもう十分だと思ったよ。これ以上続けるなら、演出家のジュリさんとしか付き合えない。このまま恋人でいるなら、私はお芝居辞める」

「それはダメだよ。ヒデコにはちゃんと続けてってほしい。ヒデコがちゃんとした女優になるまでは、私にできることは全部やるから。ヒデコの魅力は全部私が引き出すから」

「演劇」と「恋愛」は結婚できないのだ。このまま両方続けたら、演劇も恋愛も破綻してしまうところまで狂っていたのだ。もうどちらかを選ぶしかない。

私達は沈黙し合ったまま、別れへのカウントダウンを共に数えはじめた。今まで何度となくやりあった身も心も枯れるほどの激しい大ゲンカも、付き合うキッカケとなった温泉旅行で吹いた幸せの風も、部屋を決めた時のパラダイスの風も、二人で過ごしてきた全ての時が天上を吹き抜けていく。私達は十分な時間を過ごした、十分な恋人同士だった。だから、もう終りだ。

「……別れよう」

どちらが口にしたか、わからない。本当はどちらも口にしていない言葉だったかもしれない。

「……お芝居やってなかったら一生恋人でいられるのにね」

ヒデコは泣いた。私も泣いた。


数日後、ヒデコは洋服類と最低限の生活雑貨を持って要町のアパートを出ていった。

別れを決めてから、ヒデコは少しずつ精気を取り戻したようで、荷造りをしている時は、なんだか明るかった。

「この帽子、勝手に被ってるでしょう？　もう持って帰っちゃうからね」

ヒデコはプリプリ怒りながら帽子をカバンに詰め込む。

「あ、この服はいいよ、着ても。あげる」

たまに服を置いていく。

「ジュリはしばらく住むんでしょう？　仕事もあるもんね。私の大きい机とか布団はそのままにしておくから、この家を引っ越す時にどうするか決めようね。Ｍａｃ使ってもいいよ。ジュリのは調子悪いんでしょう？」

色違いのｉＭａｃが二台、各自の部屋に机も二つ、キッチンで使っていた箸やマグカップや茶わんも、バスルームのタオルも、何から何まで全て二人分あるままで、ヒデコだけがいなくなる。

ヒデコが出ていく際に、二年前に公演の赤字を立て替えてもらった分を全てヒデコに返済した。それは一月に行った第九回公演での黒字を充てたもので、ヒデコに全額返済できても、私の借金はまだ返済できない。それどころか、生活費もない私は消費者金融からの借金で生活をしている。

「これから家賃はどうするの？」

ヒデコは急に自分が出ていくからと、荷物も置いてあるし、しばらくは半分の家賃を払ってくれるという。ひと月十三万五千円の家賃を一人で払いつづけるのはもちろん苦しかったから、面目ないと思いながらもヒデコの言葉には甘えたいところ。しかし家賃は、それまでの三カ月分を折半ではなく、全てヒデコに払ってもらっていたのだ。つまり、公演の赤字は返しても、ヒデコに対して生活費の借金がまだ残っていた。

「ヒデコが払ってくれていた家賃と光熱費を計算したんだけど、これから三カ月分を私一人で払えば、家賃分の借金は返せるし、光熱費はもちろん自分で払っていく。立て替えてもらってる残りの光熱費とか他にこまごまと借りている分は、私の仕事のギャラが入ったらすぐ返すから。ごめんね」

「大丈夫なの？　本当に大丈夫？　これからパデコの稽古に入るからバイトもできなくなるで

しょう？」

「うん、でもなんとかするよ」

　実際は、全く大丈夫な状況ではなかった。毛布教の公演前後は忙しさのあまり私はアルバイトをする時間がなかったし、毛布教の黒字はヒデコへの借金返済でなくなった。それに加え消費者金融への月々七万円の返済、そして家賃の十三万五千円。普通に考えると全く生活できる見通しがない。私は両親からも月々借金をしている。もはや返すあてのない借金だ。

「バカなマネはやめて、すぐ実家に帰ってきなさい」

　まるで人質を連れてアパートに立てこもっている犯人に対するかのように、ママは刑事の口調で私を説得した。手にはもちろん拡声機だ。

「そうだ実家にいたら家賃なんか払わなくていいんだぞ」

　今まで私のことには全て目を瞑ってきたパパまでもが、ママを援護するように説得に登場した。そうして二人揃って、拡声機に向かって叫びつづけた。

「ジュリに告ぐ。一人暮らしはやめて、早く実家に帰ってきなさい」

　あいにく人質を連れていない私は、その説得には乗らず、アパートに立てこもりつづけた。

　私は実家に帰ろうとは思わなかった。生活は苦しいながらも抱えていた仕事があった。演劇ワークショップの講師と、総製作費二十億をつぎ込んだと言われているパデコ劇場三十周年記念公演という華やかな大舞台への出演。

それは私が毛布教を始めてから三年、誰もが、

「演劇だけでは食べていけない」

と諦めて辞めていく中、

「演劇だけで食べていけるかもしれない」

という可能性と自信を支えてくれる仕事でもあった。今実家に帰ってしまったら、毛布教と演劇を辞めることになる。もうひと踏ん張りで、可能性はもっと実現に近づくかもしれないのだ。私は毛布教と自分の未来を信じたかった。だから月々二十万を超える支払いやこまごまとした生活費のことなどせこせこ考えている場合ではなかった。

「数年後には毎晩百万弗ナイトだ！」

無謀にも巨大な理想を思い描き、それを信じて突き進んでいくことだけが、私の、演劇で生きるための躍動力となった。つまり、単純にお金がないから「辞める」ことが嫌だっただけである。掛け金がないからカジノに参加できないのなら納得がいく。だが、ここはラスベガスではなく東京だ。しかも要町だ。何もなくても表現というバクチは打てる。

それにしても、世の中には目に見えないお金がありすぎる。株、為替、借金。目の前のお金と睨めっこしていても何も始まらない。お金は想像上の生き物、形而上学的概念であろう。な

いものはあると思えばある。なんとかなる。死ななきゃいい。だから表現は続ける。ヒデコを失い、借金が増幅した今となっては、恋人もなーい、お金もなーい、ないない尽くしでドンと来いだ。

力強く勇敢とも思えるこの志。志というのも勝手な生き物で、流れ者だ。流れ者を留めておくのは大変だ。放っておくと、すぐどこかにいなくなってしまう。

そんなむやみやたらな志などすぐ忘れてしまうような歪《いびつ》な状態でもあった。

ワークショップでは「注目の若手女性演出家」として、パデコ三十周年記念公演では「小劇場から期待の若手個性派女優」として、表の私は華々しく取り沙汰される余り、自惚れにも近いイケイケ気分で、上昇志向を保とうとする。

しかし、家に帰ればヒデコがいない。要町のアパートは広く、荷物はどっさりとあるが、もぬけの殻のようにガランとしている。この空虚さよ。

この表のハイテンションと辻褄の合わない、日常の淋しさ、空しさは、徐々に「孤独」という言葉にハッキリ変わるようになった。私は三年近くをヒデコと共に過ごしていたので、そんな思いをすることはなかった。しかし、今は感じるのだ。

私は孤独だ。

私は自分の部屋ではなく、ヒデコの部屋でもあった共有のリビングルームに布団を敷いて寝るようになった。疲れている時は布団も敷かず、カーペットの上に横になったまま朝を迎える。そこは部屋のど真ん中、大の字になって、体だけ浮遊し、空間の真ん中に吊られているような錯覚に陥ると、決まって金縛りに遭うようになった。

そして借金は、体内に潜む癌のようにちくちくと精神を蝕んでいる。ふと振り返れば、明日の朝食のパン代や交通費だって怪しいのに、華やかな場に身を置く自分を保つために、新しい洋服を買い込み、さらに借金を重ねた。病気は進む一方だった。

孤独は健康な私の体が唯一抱える慢性の病となった。

借金は健全な私の精神が唯一抱え込んでしまった悪性腫瘍。

病を早く治療しないと、頭と体が壊れて死んでしまいそうだった。

私は病院に行って医者に診てもらう代わりに、池袋にある女総合コミュニティカレッジを訪れた。女総合コミュニティカレッジは、私が演劇ワークショップを開催している池袋なんでもかんでもコミュニティスクールの隣にあった。私は自分のワークショップでたびたびスクールを訪れ、いかがわしく下品な妖気を発射しているその隣のビルに目をつけていた。そして、一度冗談半分で、駆け込んだことがあるのだった。

テニスやゴルフなどのスポーツ学科、陶芸や書道などの文化学科、パソコンスキルを磨く情報学科など、様々なコミュニティ学科がある中、私が選んだのはエロ学部エロ学科に存在したSM講座だった。

受講初日、白衣をまとい、手術道具が入った黒のアタッシュケースを持ってスタスタと現れた講師・鶴巻温泉子。年の頃は三十歳くらい。

「皆さん、初めまして。と言っても今期の受講生はあなた一人なのね。あなた、初めまして。鶴巻です。普段は出張SMで女王様をしていますが、相手によってはSでも、Mでも、Lでも、なんでもOKです」

「Lってなんですか?」

「Lとは、レディのLです。レズプレイもOK」

鶴巻先生の白衣の下は、ボンデージではなく薄紫の和服だった。しかし、足元には先が鋭くとがった光沢の鮮やかな黒いエナメルブーツが見える。

「とりあえず名刺渡しておきましょうかね」

さくっと、自身の全裸写真が印刷された名刺を渡された。自動販売機の前に腰をついた格好で、全裸で缶ジュースを飲んでいる。陰毛とその奥に隠されるはずの秘所が丸見えだった。

「ちなみにあなたは、Mね」

「そうですか？　職業柄、サディスティックに思われがちですけど。実際そうしてないと、社会に淘汰されてしまいそうですし」

「でもMよ絶対」

演劇生活に夢中になるあまり、自然と育まれた私の驚異のマゾ力を彼女は見抜いているようだった。

「それに私はプレイでの話をしているのよ」

目蓋までかかる神経質にまっすぐに揃えられた前髪の奥から、キラリと瞳孔が開いた。しかし無表情は崩そうとしない。


SMに関する予備知識という緩やかな内容に終始した初回の授業を終え、私達は駅近くの適当な居酒屋に入った。

生ビールの中ジョッキが二つ届くと、鶴巻先生は周囲の目も憚《はばか》らず、いきなり私にだらりと抱きついてキスをしてきた。不作法に舌を入れられ、思わず拒否をしてしまった私を恨みがましい目つきで睨みつけると、今度は中ジョッキの把手を素早く掴むと同時に、なみなみと注がれたビールを躊躇なく私の顔面にバシャーッとかけ放った。一瞬にして頭から予想だにしない水分で覆われたその直後、目を点にする間もないスピードで、またブチューッとキスの砲撃が飛んできた。私の口に飛び込んできたその弾丸は、口の中で苦い液体を放射した。ビールだった。流し込む以外に口内を自由にする方法はない。ゴクリ、と私は涙目で飲み込んだ。

「あぁあ、こんなに濡れちゃって」

ビールシャワーに濡れた私の顔を、鶴巻先生は犬のようにペロペロと舐めはじめた。

「ちょっと、離れてください」

私は我に返り、鶴巻先生を突き放した。

「なんで?」

「なんでって、急に野蛮すぎるでしょう?」

鶴巻先生は不機嫌になり、無表情をさらに無にして言い捨てた。

「SMをナメるなよ。何しに来たんだよ」

とにかく引いた。これはSMではないだろう。SMではなく、単なる迷惑だ。心を許してしまいそうな魅力を感じていたならともかく、私は鶴巻先生のことを生理的に受けつけられそうになかった。それに押しの強い攻撃的な人間が私は何よりも苦手だった。鶴巻先生は意味不明な単なる変人、私は結局、大して興味がわかなかった。病院を間違えた。

「また来週」

鶴巻先生は、手を振って帰っていったが、私は二度と講義には出なかった。

カルチャースクールなんて、気まぐれに行くものではなかった。私は肩を落とし、次の病院を探した。しかし、次の病院を探すまでもなく、私は思わぬところに、名医と思われる人物を発見することができたのだった。

その人物とは、池袋なんでもかんでもコミュニティスクール内で行われていた私のワークショップで知り合った。

生徒の中ではブッチギリでナンバーワンの可愛さを誇る、ヤンキー顔の小顔美人である彼女は、他の受講生達からも「フェラーリ」とあだ名されるほどの美貌の持ち主だ。普段は六本木のクラブでホステスをしていて、その店でも指名数は断トツのトップ、正真正銘のお水のナンバーワンだ。ちなみに他のホステスからは「自家用セスナ」と陰で呼ばれていたことを、彼女は知るよしもない。源氏名は風間百合、本名は中村田由真と言った。私と同い歳で、北海道出身の女の子だ。

「可愛い子いるなぁ」

私はよこしまな気持ちで、授業中何度も彼女のことを気にかけていた。

「よかったら番号交換してください」

打ち上げの飲み会で彼女にそう話しかけられた時、私が迷わず携帯電話の番号を彼女に教えたのは当然の成りゆきだった。

その後しばらく、私は舞台の稽古や本番、また四月の末には毛布教が一日だけ参加するイベントの準備が重なるなどして忙しい時間を過ごしていたため、電話をかけることはなかった。

だが、その全ての行事を疲労の中で終えた時、私は真っ先に中村田さんを思い出した。いたわりと解放を求めて、電話をかけたのだった。四月の終りの頃だった。

最初は基礎化粧品のトライアル気分で、「よかったら続けるけど、ダメだったらサンプル分だけ使っておしまい」と、「お試し価格で」の付き合いを求めていた。わかりやすく言えば、「セックスできればいいやー」くらいの軽い気持ちだ。

「今夜飲みにいきましょう」

「じゃぁ今から池袋に行きます」

電話して、ちょうど三十分後に現れた彼女とはタイミングが合っていたのかもしれない。

池袋のバーで三時間ほど飲み、深夜二時を過ぎた頃に、私から、

「ホテルに行きましょう」

と誘った。バーで何を話したのか全く覚えがないのは、きっと私は彼女とその夜一緒に寝ることだけしか考えていなかったからだ。

「うん、いいよ」

簡単に了解した彼女だった。池袋北口のラブホテル街、どこも荒んでいそうだったので、大して選ばずに適当なホテルに入った。

「今度は私が奢るから」

明くる朝、ホテルを出て昼食を一緒にと彼女が言いだした。そして池袋の西口にあるメトロポリタンホテルのイタリアンレストランに私を引っ張っていった。ランチコースはＡＢＣの三種で、一番高いＡコースにはＴボーンステーキが用意されている。

「一番高いコースを選びなよ」

私が迷っていると、彼女はにっこりと笑った。

さすが六本木ナンバーワンは気前がいいわね。私なんて昨日のバーでの飲み代とホテル代でなけなしのお金を使いきっちゃったもの。

「ワインも頼もうよ」

彼女にワインを薦められたが、「とりあえずビール」がいい私はビールを頼み、カチャカチャと決して上品ではない音を立てながら前菜、サラダ、パスタを黙々と食べた。Ｔボーンステーキが運ばれてきた頃には満腹で、せっかく一番楽しみにしていたのに半分食べるのがやっとだった。食事の間はほとんど会話をしなかった。雨に濡れた空腹の乞食をいたわるかのように、彼女は私に微笑み、ゆっくりと食事を続けた。

デザートを終え、コーヒーを飲んでいる時に、私達は食事のこと以外でようやく会話を交わしたのだった。

「今日はこれからどうするの？」

「別に、予定はないけど」

「じゃぁうちに来る？」

「行く」

それからすぐに彼女が住んでいる阿佐ヶ谷に向かった。

孤独と思い出とその後の怠惰で完全に荒れ地と化した、七十過ぎの気の狂った老婆の一人住まいのような侘びしさとやるせなさが詰まった、要町の冷たい牢獄アパートとはまるで違う、パステルカラーの世界がそこにあった。由真の部屋は床暖房が施されているかのごとく、ぬくぬくとして、テレビも大きいしソファはゆったり、ベッドはふかふかだ。私は要町に帰る気が到底起こらず、そのまま由真の部屋に居着いてしまった。

私が生活で飢えていた、色気と食い気とお金、由真はその全てを満たしてくれる天使のようだった。トライアルどころか次の日からまとめてどっさり即注文。ヒデコがいなくなって人肌恋しい夜を過ごした一カ月半の孤独をたちまち埋めてくれたマテリアルガール。ヒデコとの歪《いびつ》な関係に比べ、由真とはほとんどケンカもせず、ほぼ正常な恋愛関係を築いていけそうな気がした。

由真は頭の回転が早い子で何かにつけて要領がいい。脱いだ服や下着をほっぽらかしのままにする多少ルーズなところはあったが、手料理もおいしく、私の相談事にも「他人事」として、スムーズに答えを出して慰めてくれる。料理上手は床上手なんて本当なのか知らんが、二人で毎晩体中に痣《あざ》をつけあい、明くる日、体の具合がおかしくなるほどいやらしいセックスをたくさんした。由真が仕事の日は、夕方彼女を駅まで送り、深夜三時過ぎに帰宅する彼女を待つ間、部屋の掃除をしたり、洗濯をしたり、テレビを見たり、一人で阿佐ヶ谷の本屋やオモチャ屋に行って時間を過ごした。まるでヒモだ。そうでなければ、家事を手伝うペットのようだった。

由真には長く付き合っている彼氏がいて、「最近会うのは一カ月に二回くらいかな」とは言っていたが、その月に二度の日に当たると、

「ごめん、今日は彼が来るから」

と言って急に追い出されることもあった。その彼氏が急に訪ねてくることもあり、そんな時はベッドルームで息を殺しながら、由真が彼氏を帰すための説得を続けているのをじっと待った。

「今度ジュリちゃんちに遊びにいっていい？」

しばらくして由真がうちに来たがったので、私は少し悩んだが、

「前に一緒に住んでいた彼女の荷物があるけど、それでもよければ」

と一度だけ由真を要町のアパートに招いたことがある。

由真はそういうことには無頓着だったので、うちに来ても普通に料理をして、同じ布団で寝ることになんの違和感も感じていない様子だった。だが私は、由真が台所に立つとやはりヒデコを思い出し、ヒデコが使っていた食器や料理道具を由真がそのまま使い、食卓で食事をすることに、あまりいい気がしなかった。そこはヒデコの席だ。お風呂に入った時、ヒデコが置いていったタオルを差し出すのはさすがに気がひけて、私はしばらく使っていなかった自分のタオルを由真に渡した。布団で一緒に寝る時は、ヒデコに悪い気がしてセックスもできなかった。やはりこの部屋はヒデコと過ごした時間が強すぎて、他の人を泊めることはできない。私はヒデコがいた時が懐かしく恋しい。由真との関係はかりそめな気がしてきた。ヒデコが恋しい。


由真がうちに泊まった日から数日後のことだった。

「今日家に行ってもいい？」

虫の知らせがしたのか、奇妙なタイミングでヒデコから電話がかかってきたのだった。私はヒデコに会いたかった。何してるの？　どうしてるの？　元気なの？　お金には困ってない

の？　私は困ってるけど。親じゃないんだから、そんな心配の仕方はないか。でもヒデコは私にとっては家族みたいなものだからいくら想っても足りないくらいだ。

ヒデコは食材をたっぷり買い込んで、やってきた。

「ちゃんと食べてるの？　今日はヒーがご飯つくるからね！……あれ？　なんかちゃんと片づいてるね」

「うん、昼間掃除したんだ。布団も干したし、掃除機もかけて完璧に整頓したから。床まで磨いちゃったよ」

「へー、きれいきれい。偉い偉い」

「コロコロもかけたからカーペットもきれいだよ」

由真の痕跡をなくすため、私は厳重に室内を掃除したのだ。特に茶色の長い髪には注意した。それは間違いなく、由真のものだ。

掃除機をかけたあと、カーペットには入念にごみ取りローラーをかけ、全ての髪の毛とホコリを拾い上げた。洗濯もして、シーツを洗い、妙な心配を生むようなタオル類は全てしまい込んだ。

「シーツも洗いたてだよ」

「やった！　今日は一緒に寝ようね。ヒー泊まってってもいい？」

「もちろん」

ヒーとは蜜月の時に呼び合っていた名前だ。私はヒデコのことを「ヒー」と呼び、ヒデコも自分のことを「ヒー」と言う。ヒデコは毛布教にいる時は私のことを「ジュリさん」と呼んでいたが、家にいる時は「ジューリー、ジューリー」と甘えた声で呼ぶ。蜜月が戻ってきたかのようだ。

その日ヒデコがつくった料理は忘れられない。

「一応フランス料理だよ。この前、家でつくって喜ばれたんだけど」

ホタテとブロッコリーの他、緑黄色野菜がふんだんに使われている、塩味の炒めものだった。仕上げに生パセリをくだいたものがパラパラーッとお皿全体にかかっている、変ちくりんな野菜炒めだ。

「おいしくない？」

「おいしくなくはないけど、なんか妙だよね」

私が苦笑しながら言うと、ヒデコはブチ切れた。

「じゃあいいよ食べなくて！」

ヒデコは怒り、食事を中断してリビングに行ってしまった。私は食卓からヒデコに謝る。

「まずいなんて言ってないじゃん！　おいしいよ！　ヒデコの料理が食べれて嬉しいよ！」

「せっかくつくったのに、最初からそう言えばいいじゃん。すぐ文句言うんだから」

「ごめんね、こっち来てまた一緒に食べよう」

ヒデコはベソをかきながら食卓に戻ってきた。思えば久しぶりにご飯を炊いた。二人で引っ越してきた時に買った二人分用の炊飯器を三カ月ぶりに引っ張りだしたのだ。

その夜は一緒に寝て、セックスもした。そのまま泊まりつづけてもいいのに、明くる朝にヒデコは帰っていった。

「また気が向いたら来ていい？」

「もちろんいいよ。いつでも来ていいよ」

「でもあんまりいっぱい来ると、またケンカしちゃうから、時々ね。まだ新しい恋人とかできてないでしょう？」

「うん、いないよ」

「じゃ、また来るね。ばいばい」

ヒデコがうちに来た日から由真に連絡を取る回数が激減し、遊びにいくこともほとんどなくなった。いつも家で会っていて、外に一緒に出かけたりするようなことはなかったから、家に行かなくなるということは、必然的に会わなくなるということだ。由真は由真で自分から「会おうよ」と言うような人ではなく、私がたまに電話をかけると、「久しぶりだね」とひとこと言うだけで、それ以上は何も探らないのだ。

六月に入り、毛布教の第十回公演の稽古が始まった。夏に行われる駅前劇場での三週間公演には、「毛布教をブレイクさせる」と広告会社の社長・花椿満（40）がプロデューサーとして参画した。小劇場らしからぬ一流のスタッフを呼び集めてメンバー一同を奮い立たせ、プレスに対しても商業演劇ベースの宣伝戦略を使って煽《あお》り、観客動員の爆発的な増加を狙っていた。

「重信くんは恋愛ごとにだらしないように見受けられるけど、あんまり人に甘えないで、作品づくりに精進しなさい。君の俳優としての才能も演出家としての才能も僕は評価しているからね。がんばって。おいしいものもいっぱい食べさせてあげるから」

花椿は、私を夜な夜な美食の料亭に連れ出し、褒めちぎり、士気を上げてくれるのだった。

私は脚本を練り、稽古に熱中し、充実した毎日を送りはじめた。稽古が始まるとヒデコが要町に来ることはなくなり、由真にも会わない日がしばらく続いた。このまま静かに関係を終らそう、そう思っていた矢先、由真の家に行かなくてはならない事態が勃発した。

ついに生活費が底をつき、どうしても家賃が払えなくなってしまったのだ。実家のママに電話をして泣きついても、話にならなかった。

「またですか？　一体いつになったら自立できるの？　お金がないのにどうして演劇など続け

るの？　それから今度のお芝居のタイトルの『ヌッポンドエロイナ原人共和国』って一体どういう意味？　それからこの間、パデコのお芝居で共演したママの好きな俳優さんからサインはもらってきてくれたの？」

参画したばかりのプロデューサーにも勇気を振りしぼって尋ねてみた。

「えっ、君三日前にパデコのギャラが振込まれてたじゃないか。どうしてそんなに金遣いが荒いんだ？　僕は食事ならいつでもご馳走するけど、お金は貸せないなぁ」

ちなみに振込まれたギャラは生活費としてそれまで借りていた消費者金融への返済と、クレジットカードで買った洋服類の支払いに当て、すぐさま跡形もなくなった。他の消費者金融からの借り入れも三件を越え、どこも限度額いっぱいまで借りきっていた。ボタン一つでお金が出てくるマシーンから借りるのは簡単だけど、人から借りるのはいつだって心苦しかった。

私は由真に泣きついた。六本木のクラブで相変わらずナンバーワンをキープし、金銭的な窮乏の心配がまずない由真に借りるのが私にとっては一番気持ちが楽だった。

阿佐ヶ谷の由真の部屋を突然訪ねると、それまで連絡を怠っていたことは何も責めず、少し驚きながら「久しぶり。どうしたの？」と何事もなかったように迎え入れてくれた。

「お金を貸してほしいんだけど」

「いくら？　大金？」

「えっと、十万円」

「………なぁんだ、百万とか言われるのかと思っちゃった。いいよ貸してあげる」

「本当に？　ああ、ありがとう。助かります」

由真は部屋の中になんの警戒心もなく無造作に置かれた小箱の中から札を取り出し、十枚数えて、私に差し出した。

「借用証書くけど」

「いいいい。その代わり、今度ゆっくりご飯でも食べにいこうね」

「うん、ありがとね」

その日はそのまま由真の家に泊らせてもらった。明くる朝、

「じゃぁねー」

と玄関で別れたのを最後に、由真が毛布教の初日を観にくるまで、会うことはなかった。

第7章
双子の強迫

「あなたが今付き合っている人は、悪い人じゃないんだけどね。その人の言うことを聞いてばつかりでいると、あんまりよくないことになるわね。なんでもかんでも聞いていたら、あなた、破滅するわよ」

二〇〇三年十月、私は新宿ゴールデン街にある小さなバーで、「私占いができるの」と言うママに手相を診せたら、こんなことを言われたのであった。占いママはこうも続けた。

「お付き合いをやめなさい、とまでは言わないけど、とにかく言いなりになってはダメね。あなたは自分の好きなことをやり続ければ、絶対成功するから。でも仕事は成功するけど、お金には苦しむようね」

「はぁ」

私は益々頭を抱えた。八月から付き合いはじめたものの、苦しむばかりであまり恋愛の快楽を得られないその相手のことで苦悩し、その店でアルバイトをしている私の唯一の同性友達「ズッシー」こと逗子敦子に、泣きながら悩みを打ち明けていた時だった。

「あのさ、私占いができるの、よかったら診てあげよっか?」

カウンターの奥から暖簾《のれん》もないのに暖簾をめくるジェスチャーをしながら登場したママ、どうやら私とズッシーの会話を奥のキッチンで立ち聞きしていたようだ。冗談のキツい古ぼけたママの言葉を鵜のみにするのは面倒だと思い、私は聞こえないふりをしていた。だが、私のシカトに狼狽《うろた》えることなく、ママはあるはずのない暖簾をまたくぐり、奥のキッチンへと消えていった。しばらくして今度は、やはりどう考えてもあるとは思えない自動ドアを開けるジェスチャーに挑もうとしているらしく、「ウィーン」と小声で呟きながら再登場してくれた。そして「ママのインディアンジャポネーゼ風カリー~タイベトナムリミックス~」という四カ国のカレーが見事にブレンドされた店の名物料理を私の前にさっと差し出したのだった。

「頼んでないですけど」

「いいの。これはサービス。私に占われたあとでお客さんはみんなこのライスカレーが食べたくなるって言うからね。あなたは占われる前だけど、話を立ち聞いている分には占う価値が大ありっていう私の判断。これは最後通告だけど、私、さっきも言ったはずだけど占いができるのね。人の手相を診たくて仕方ないの」

どこまでもしつこそうなので、私は観念し、ママに手相を診てもらったのである。その診断結果が、あれだ。

その時、私が付き合っていた相手とは、八月の毛布教第十回公演にゲスト出演していた、舞台俳優・澤口靖夫（30）。一月に行われた毛布教公演にゲスト出演し、ヒデコと別れる直接の具体的原因となった本気の浮気相手、澤口靖子の双子の兄だった。思えば、私にとっては大学一年の時以来六年振りに付き合う男性でもあった。

「まぁでも好きにしなさい。相性は最悪だけどね。それから、あんまり人が嫌がるようなことはやめなさいね。自分がされて嫌なことは相手にもしちゃダメ」

最終的には至極まっとうなことを、タバコをくゆらせながら満足げに語るママであった。

「ちなみにこれはタバコじゃなくて、ガラムよ」

なるほど、甘いバニラの匂いがしたのはそのわけか。


靖子と靖夫は春から代々木上原のアパートで同居をしていた。七月、稽古が佳境に入り本番も差しせまる頃、私は靖子と靖夫が住む部屋をたびたび訪れていた。由真とも会わず、ヒデコも家に泊めず、稽古に熱中していた。共演する靖夫とのシーンがなかなか上手くいかないことが気がかりで、稽古後に二人で飲みにいったあとで、靖子も同居する靖夫の家に寄り、そこでまた稽古を返していたのだった。仕事から帰宅した靖子が、二人のシーンを見てああだこうだ、と意見を言うことも日課になっていた。靖子は絶対的に笑いを重視する人だったので、少しでも面白くないと、

「ダメ、全然笑えない。ダメ。それキツい」

と焼酎片手に厳しいダメ出しを私達に投げつける。靖夫は稽古嫌いで、私と稽古をしていても二、三回返しただけで、

「休憩しよ」

とすぐ一服しだす。

靖夫と靖子は二人とも大酒飲みでヘビースモーカー。顔も生き写しのように瓜二つで、二人が肩を並べている様は強烈なディープインパクト、鬼気迫るものがある。私は靖子のことを「やっちゃん」、靖夫のことを「やっさん」と呼び、二人を区別していた。呼び名に負けじと、二人は黙っていたら、強面《こわもて》のギラギラしたヤクザみたいだった。

煮詰まる稽古に頭を抱えていると、私にあるアイデアが浮かんだ。

「このシーンさ、私とやっさんのラブシーンにしようよ。このセリフを言う時はこう絡んで、このセリフを言ったあとは、ぶちゅーっとキス、そんでこのセリフの時にまた抱き合って……」

「なんだよそれ」

やっさんは解せない様子。

「面白い。笑える、それ」

やっちゃんが納得する。

「笑えるか？」

「笑える、ヤスやんなよ。シゲちゃんの言うことききいてやんな」

「そっかー笑えるかぁ。笑えるならやろうかな」

「じゃ、それでお願いします」

それからやっちゃんが見守る中、私とやっさんのラブシーンの稽古が始まった。

「でも、もっと笑えるのはさぁ」

やっちゃんが口を挟む。

「ヤスとシゲちゃんが本当に付き合ったりしたら、私、大爆笑しちゃうかも」

ニタニタと笑うやっちゃんであった。

この代々木上原のアパートに遊びにくるたびに、私は靖子に対してまだ諦めきれない恋情を抱いていることを思い出した。やっちゃんには普通の女性にはない性質があった。靖子の得意なトランプを例に出せば、靖子はまさしくジョーカーだ。その一枚で、一通りのルールをぶっ壊し、掻き乱し、勝利へと導く、特別の威力をもつ存在。私は靖夫と稽古するためだけではなく、靖子に会えることも楽しみで、むしろそれが主だった理由で、本番直前は毎日二人の家に泊まりにいった。

ある晩、三人で川の字になって寝ている時、靖夫が寝静まるのを待って私は靖子にアプローチを開始した。

「ダメだよ、私、女の子とは付き合えないの」

「でも私、日に日にやっちゃんのことが好きになってきて、止まらないんだよね気持ちが」

「あのさーシゲちゃん、あたしはあんたのこと天才だと思ってんのね。あんたはー、天才、それはハッキリ認める。でもね、あたしはかなりの天才好きなんだけど、もう今まで何人かの天才と付き合ってきて、天才と付き合うのはすっごく疲れるってことが身に染みてわかってる、そんでもって、そのシミが全然取れない！　アタイはもう三十だし。紫外線に気をつけるのも当然だけど、天才とも恋愛できないね。面倒くさいんだもん」

靖子は相当量の焼酎を飲んだあとなので、口が上手くまわっていない。こんな時でも正常な意識はあるのだろうか。

「あんたもいつまでも女となんか付き合ってないで、たまには男と付き合いなよ。あんたが女と付き合ってる姿はハッキリ言って笑えない！　女としか付き合わないあんたが男と付き合ったりしたら、ちょっとは笑える！　私が好きなら靖夫でも一緒だよ、一緒。同じ顔してんだから！　靖夫はいいよー。あたしが男だったら靖夫と付き合うね、絶対。靖夫と靖夫で付き合うよ。キチガイ沙汰だけど、そらぁ、笑えるじゃんね」

靖子はベロベロだ。

「私はあんたと付き合うことはできないけど、靖夫は付き合える！　靖夫とあんたはお似合いだよ。靖夫もあんたのことたぶん好きだよ。私があんたのこと好きだからね……。だからどうしても私と付き合いたかったら、靖夫と付き合いなさい……」

むにゃむにゃと靖子は寝息をたてはじめ、現《うつつ》から夢の世界に行ってしまった。

靖子から靖夫へ……。今まで六年以上ずっと女性に恋してきた私が、男と付き合うなんて想像もできなかった。第一、付き合うことはできてもセックスはできないだろう。私は女性とのセックスにしか興味がないのだから。男とセックスすることを考えると……全く興味がわかない、わくのは嫌悪感だ。な・ぜ！　穴・に！　入れられなきゃ！　な・ら・な・い・の・だ？？？

「入れる」のは大好きだが「入れられる」なんて死んでも御免だね！

しかし人間というのは奇怪なもので、突然変異することもある。そうして迎えた第十回公演の本番の最中、私と靖夫は厳正なる話し合いの結果、付き合うことになった。

「私はやっちゃんのことが好きだから、やっさんと付き合いたい。でも本当にセックスしたい相手はやっちゃんで、やっさんとはたぶんキスとハグくらいしかできないけど、それでもよければ付き合ってください。私はやっちゃんのそばにいたいんです」

「シゲちゃんがそこまでヤスを好きなことはオレも十分わかってる。オレはヤスとは一心同体みたいなもんだからか知らんが、オレも不思議とシゲちゃんのことは好きだ。女好きのあんたと付き合うのはちょっと勇気がいるのだが、まぁ、もういいだろう、そろそろ付き合っても」

やっさんがどうして私と付き合う気になったかははっきりとはわからなかった。だが、私が靖夫と付き合うということは、それは靖子と付き合うことと同意のように思えて、飛び跳ねて喜びを噛みしめた。

その一週間前、本番の初日には、ヒデコが要町のアパートに泊まりにきた。私が、靖夫と付き合おうと思っていることを宣言すると、ヒデコはアパートには二度と泊まりにこないと、彼女もまた宣言をした。

「でもジュリが澤口さんと付き合うのはあんまり賛成できないな。だって澤口さん大変そうだもん。大丈夫なの？」

ヒデコは心配顔でそう言った。

由真もまた、初日に恋人を連れて観劇にきた。しかし終演後に「面白かったよ！　がんばってね！」とメールをもらったきりだ。彼女は私に新しい恋人ができかけていることに薄々感づいていて、自分に恋人がいる手前もあり、お互いに身を引き合った形で別れを迎えた。

こうして、私は完全に身を浄めてから、靖夫と正式に付き合うことになったのである。


一カ月後、私は要町のアパートを引き払い、三軒茶屋のアパートに引っ越しを決めた。靖夫と靖子が住むアパートまでは自転車で十五分くらい、要町からだとタクシーで四、五千円の距離だったので、それに比べれば二人のアパートには、だいぶ通いやすくなる。私は引っ越し祝いに毛布教の熱狂的ファンでパトロンでもあった牛島さん(60)に原付自転車をプレゼントしてもらった。それに乗って、夜でも朝でも昼でも、いつでも代々木上原に行ける態勢を確保できた。靖夫と靖子は、自分達の部屋には人を招きたがるが、人の家には足があまり向かないようだった。その理由は、

「家事を放っておきたくないから」

だそうだ。靖夫と靖子の家は神経質なほどきれいに整頓されきっていて、私が本棚から本を取り出して、そのままにしておいたりするだけで、もう大変だった。

「シゲはそういうとこちゃんとしないと、人に嫌われるよ! 出したものは仕舞う。仕舞ったものはもう二度と動かさない。わかった?」

と怒鳴られる始末。

また靖夫靖子兄妹は料理上手で、パパっと短時間で要領よくおいしいものを食卓に並べる。恋人が料理をつくっている時はテレビを見ながらのんびり待つ、という私の今までの習慣は全く通用しなかった。

「なんにもしないで料理が出てくると思ったら大間違いだよ！　こっち来て手伝いなさい、手伝うことがなかったら食卓でも拭いてお皿並べて待ってる！　ぼさっとしない！」

と必ず一緒に働かされる。

食事が済んだあとは、ごろりと横になって休憩してはいけない。

「ほら、ヤスが食事をつくったんだから片付けはシゲの役ね！　洗い物放っておくとゴキちゃんが出るからすぐ片すこと！」

鬼教官のごとく、厳しく私を統制する二人だった。

靖子は洗濯物を干す際にも厳重なルールを持っている。洗剤、柔軟剤の入れ方から始まり、干す際の皺の伸ばし方、吊るし方。キビキビと指示され、私がもたもたしていると、口元をへの字に曲げて不満を露《あらわ》にし、

「シゲちゃんは鈍臭いなぁ！　もう貸して！　ヤスがやるから」

と言ってスタスタと済ましてしまう。

靖夫は靖夫で、天気のいい日に布団を干さないでいることがストレスになるらしく、朝日の

感じからその日の晴天を察すると前の晩どんなに遅くても、目覚めよく起きだし、寝ている靖子と私を無理矢理起こして、ベランダに布団を干しにいく。もちろん、

「手伝って」

と手伝わされる。

そんな強制家事収容所生活も決して苦痛ではなかった。怒涛の演劇生活を言い訳に私生活が混迷、昏睡状態にあった私に清らかな朝日が差し込んでくるかのようだった。私は労役を受け入れた。

〽あーたーらしい朝が来たっ！　きーぼーおのあーさーが！　よろこーびにっ、みちあーふれっ、青空あーおーげーー！

とはラジオ体操第一だが、まさにその気分。私はやっちゃんとやっさんに改めて育て直されている気がした。

家事一通りだけではなく、私のそれまでの乱れた恋愛感覚についても、厳しい非難を浴びせ、それを正してくれた。私は二人に懺悔するように過去の恋愛遍歴を徒然なるままに語った。

「下品ね」

「下品だ」

「最低よ」

「最低だ」

「なんで小田原城でセックスができるわけ？」

「小田原城じゃないよ。小田原の海辺だよ」

「どっちだって一緒だよ。野外セックス禁止！」

「セックス倫理に欠ける行為はともかく、劇団の女に手を出すのはまずいんじゃないか？」

「狂ってる、あんたの劇団は」

「すみません」

面目ない私。

「本当に、そういうことは大人なんだから、ちゃんとしないとまともな将来を得られないわよ」

「だらしないのは大人としてダメだな」

「これからは更正して、まっとうに生きること。あなたは無茶をしなくても、地道にやったってきっと才能を認められる日が来るんだから」

「その通り。生き急ぐことがカッコイイなんて思うな」

「借金も早く返すこと。服買ったり、外食している場合じゃない」

「生活雑貨は全部百円ショップで買え」

そして二人は口を揃えて言う。

「大人になりなさい」

二人は時に教師のように、時には両親のように、私を律しつづけた。今まで前へ前へとがむしゃらに突き進むあまり、周囲の人間や恋人をことごとく傷つけてきた。親も落胆させた。苦しまぎれに得てきたものは、どれも二度とは触れられない痛々しいアンダーグラウンドでの青春の栄光。社会的にはまともなものではない。全員に認められるものでは決してない。毛布教は三年間の活動で三千人を動員するようになったが、その一方で私の人間的感情や人間的生活は日に日に失われていった。自分が食べるためのご飯もつくれなければ、洗濯物も干せない、このままでは、シャツのボタンのかけ方だって忘れてしまいそうだ。

嗚呼、偉大なる靖夫靖子兄妹様。

二人は私が読むべき、得るべき教典を全て持っていた。私は、彼等兄妹が判断し、思考するもの全てに従い、教えを乞うたのだ。私が悩める小羊状態に陥って「怒り」や「悲しみ」の感情を剥き出しにしている時には必ず諭してくれた。

「上に立つ人間はクールでいなきゃダメ。そんなことで泣いたり怒ったりしている時間があったらとっとと台本でも書きなさい」

今、辛いことは全て修行だ。苦行だ。己に試練を課して苦行を続けたら、いつか悟りを開く日が来るのかもしれない。手塚治虫の『ブッダ』もそうだったじゃないか。私にとって靖子と靖夫の家の柱は、悟りを開く菩提樹であるかもしれない。家事が一通り済んだあとに許可される束の間の休憩時間、通称「ごろりタイム」になると、私は柱の前に座り瞑想するようになった。

「何やってんの？　ごろりしていいんだよ」

靖子が不思議がる。

「悟りを開くまでここを動かない」

私が答える。

「なんの悟りを開くのだ？」

靖夫が尋ねる。

「神に近いアーティストになるための悟りだよ」

また私が答える。

「ほえー」

二人は同時に納得する。

「じゃ、そこ玄関に一番近いとこだから、宅急便来たら受けとっておいてね。私とヤスはお昼寝するから」

通信販売が大好きな二人の家には毎日のように何かしらの宅急便が届く。

「私は宅急便の受付嬢じゃなく、あなた達の恋人なのよ！」

そう言って怒ることもできただろうが、言ったところできっと返ってくる答えはこうだ。

「嫌なら別に無理してやんなくていいよ」

「だったらそこは届いた荷物を置く場所だから、どいてもらわないとな」

二人の返答を予想し、予め諦めがついていた私は、菩提樹の下ですやすやと居眠りをし、夢の中で煩悩と戦いはじめるのだった。

やっちゃんやっさん神様のお陰で人間的生活を徐々に取り戻していったが、恋愛的な関係の方はもっぱら淡白であった。なにしろ、やっちゃんとやっさんは私が会いたい時に電話をかけてもつながらないことが多かった。会う時には事前に連絡をとり合ったあと、私が兄妹の家を訪ねる通い婚（もしくは通い道場）の形をとっていた。夜中に急に会いたくなってもその気持ちを堪えなくてはならなかった。以前の熱愛相手となら夜中でも車を飛ばして、あるいはタクシーをつかまえて、いま会いに行きますと、熱烈な逢瀬を重ねたものだが、この兄妹にはそのような熱情は一切通用しないし、興味がないようだった。

私は少し淋しかった。三軒茶屋のアパートで一人鬱々と夜を過ごすこともあった。悲しいかな、この恋愛は複雑すぎて、誰にも相談できない。私は「二人に会いたい」夜を一人で過ごすことができなくなり、私の唯一の友達であったズッシーに打ち明けようとした。行き着いた先が件《くだん》の占いママがいるゴールデン街の小さなバーだった。

実は、占いママにはもうひとこと言われていた。

「あなたバイク乗ってるでしょう？　乗らない方がいいわ」

なんで？　せっかく買ってもらったバイクだもん！　便利だもん！　乗るわい！　と、この言葉は無視することにした。

しかし、占いママのこの言葉は見事に的中した。

一度だけ、私は思い立って急に二人を訪ねたことがある。

十月、静かにふけゆく秋の夜空の下、私は原チャリを走らせ、代々木上原に向かった。ドアの前に立ち、数回ノックしたが二人は玄関口に現れなかった。私は諦めて手紙も何も残さずに踵を返し、また原チャリを走らせて帰宅したのである。

明くる日、靖夫から珍しく電話がかかってきた。

「今、タクシーに乗ってあんたの家に向かっているから、いろよな」

いつもより若干強迫的な様子の靖夫だった。異常警報が鳴らされていたにもかかわらず、私は散らかった部屋を少し片し、靖夫の珍しい来訪を呑気に待ち構えた。

アパートの前に現れた靖夫は酔っ払っていて、しかも空恐ろしいことに右手には金属バットを持っている。

「あ、あれ？　なんか怒ってるの？」

「怒ってる」

「なんで」

「なんでじゃねーよ。昨日あんた、夜中にうちに来ただろう」

「あ……うん。行ったよ。でも出なかったじゃん」

「何しに来た？」

「え、会いたいなぁ、いるかなぁと思って」

「それで相手の時間を考えずに急に来ていいと思ってんのか」

「だって、メールしても全然返事くれないから。行っちゃえと思って」

靖夫は深い溜め息を吐いた。

「あんたは、自分のことしか考えてないのな」

「なんかまずかった？」

「ダチの夫婦から赤ん坊預かってたんだよ！」

「え」

「あんたが夜中にアパートのドア叩くもんだから、ガキが泣き出しちゃいけねぇと思って、ガキ押えてじっとしてたんだよ！」

「ごめんなさい」

「何時だと思ってたんだ？　常識考えろ。靖子も急に外で音がするもんだから、ビビッちゃって、〝暴漢が来た！〟って怯えはじめてよ」

「ごめんなさい、でも、そうっと帰ったんだけど」

「深夜の〝そうっと〟は、昼間の工事現場の〝がががががが〟くらいに聞こえるんだよ」

「気をつけるから」

「もう付き合えないな。あんたとは付き合えない」

「えぇ」

「オレとヤスには自分の時間がある。あんたのそういう〝相手のことはさておき自分中心で物事考えて突き進んじゃえ〟みたいのは、オレには無理だ」

「どうしても？」

「どうしてもだ。無理だ。靖子も無理だと言っている。あんたのことは人間的には嫌いじゃないが、恋愛はやっぱ無理だ。友達ならいい」

「そんな」

「じゃぁな！」

頭から湯気が出ているほど靖夫の気迫は本気だった。結局金属バットを一度も振りまわすことなく（なんで持ってきたんだろうか？）のっしのっしと帰っていった。


靖夫が帰ると私は枕を抱えながら泣いた。昨日犯した己の愚行を省みて、悲しくて泣いた。別れを突きつけられると、私は二カ月間の、靖夫と靖子と過ごした強制家事月間を、人間教育を施された道徳更正強化月間を思い出し、恋しくて泣いた。

もはや、靖夫と靖子に対する依存症が私の中に完全に根付いてしまっていた。この依存症は、ベッドに張りつけられ手足を鎖でつないでくれない限り、克服できない。しかも私は依存を解消することを全く望んでいないのだ。靖夫と靖子の禁断症状の苦しみはすぐに始まった。

おえええええええええええ！

私は自宅のトイレで夜な夜な嘔吐した。

いやあああああああああ！

アパートの庭先に穴を掘って叫んだら大家に警察を呼ばれた。


この時期、毛布教はある映画祭のイベントにゲスト出演し、レビューショーを披露することになっていた。私は錯乱状態のまま、ステージに上がり、予定にない『アイズワイドシャット』のトムクルーズのモノマネを即興で演じてしまい、観客に錯乱の波をお裾分けする事態となった。だが、客席にいた一部の外国人達は大いにわいていたので、それはそれでよいだろう。しかし予定にない芝居を始めたものだから、ＰＡスタッフが慌て、それがキッカケのミスが多発した。私の錯乱は攻撃に飛び火し、手にしていた拡声器で本番中何度もＰＡに向って「ぶっ殺す！　ぶっ殺す！」と叫びつづけたらしいが、幸いにもそれは覚えてない。終演後に楽屋でプロデューサーに懇懇《こんこん》と叱られている時に聞こえてきた、

「いい加減、大人になりなさい」

のひとことで、ようやく我に返ることができた。

このままではいけない。精神を病んでしまう。私は靖夫が、最後に言い捨てた「友達ならいい」の一声を頼りに、電話をかけ再び靖夫靖子の部屋に出向き、懇願しつづけた。

「友達でいいから、またご飯食べたり、一緒に寝たりしたいんだけど」

「それはねぇ……」

靖夫と靖子は顔を見合わせた。

「ヤスコはどうだ？」

「ヤスオはどうなの？」

二人は声を揃える。

「考えちゅー」

二人は瞑想の時間に入ってしまった。数分後、靖夫が目を開ける。

「付き合いはしない」

続いて靖子も目を開けた。

「そうなの、付き合うってどうゆうこと？」

「付き合うと付き合ってないってどう違うんだ？」

「付き合ってなくったって、恋人は恋人よね？」

「友達は友達だ」

「つまり」

また声を揃えた。

「決して付き合わないけど、あんたとはなるべく一緒にいることにしよう」

靖夫がひとこと付け加える。

「誤解するな、付き合うつもりは毛頭ない。あんたは付き合う相手ではないからな」

「はい。じゃぁ私は一方的に恋人のつもりで認識していていいのかな？」

「ダメ。それは時間が経って決まっていくことだから」

靖子が厳しく跳ね返す。

「じゃあ、今日からまた修行のつもりで、がんばります」


それから数日、数週間と私は代々木上原のアパートに在家信者として居候を続けた。最初のうちは雑巾がけ、次第にほうきを持たされ、集めた落ち葉でヤキイモを焼いたら「気がきく」と誉められた。ほうきの次はいよいよ掃除機を手にした。三カ月前とは格段に家事の腕が上がった私は掃除機を華麗に使いこなし、より迅速にアクロバティックに清掃業務を遂行した。家事の道具を上手く使いこなせるようになると、「苦行」と思っていた修行もなんだ、全然楽ちんではあるまいか。普通ではあるまいか。在家は楽しいなぁ、二人とも毎日一緒に寝られるし。会えなくて淋しい時間もない。前ほど厳しく叱られないし。馴染んできたのかな。

奇妙なことに、私がアパートに住みはじめて数日経った頃から、次第に靖夫の姿を見かけなくなっていた。一カ月経つ頃には全く姿を見せなくなった。私の目の前には靖子が一人、風呂場の浴槽をピカピカに磨き上げている。

「シゲちゃん、カビキラー買ってきて〜」

靖夫は消えた。この部屋にいるのは靖子だけだ。

「あとついでにファブリーズの詰め替えも宜しくねっ」

「はーい」

玄関で靴を履いていると、靖子に呼び止められた。

「ちょ、ちょっと、待って。まだあるわ」

「何？」

「消臭ポットの替えと、換気扇のカバー、あと帰りにコンビニ寄って煙草ワンカートンと、オレンジジュースも買ってきて」

「覚えられるかな」

「覚えてくれなきゃ困るー」

靖子が甘い声を出したので、私も甘えたくなった。

「じゃあチューして」

「はい、ちゅー」

靖子は私に軽いキスをくれた。

私はスキップしながら街へ出かけた。

第8章
甘い恋人、辛《から》い劇団

二〇〇三年十二月、私は二十五歳になった。演劇を始めて早六年、毛布教を立ち上げてからは三年の月日が過ぎ去った。

貴乃花が大関昇進の際に述べた口上の言葉を借りれば、それはまさに「不撓不屈《ふとうふくつ》」の精神で、白鵬が大関昇進の際に述べた口上の言葉を借りれば、常に「全身全霊」で挑みつづけ、若乃花が横綱昇進の際に述べた口上を借りれば、いつも「一意専心」に歩みつづけた演劇道であった。

その甲斐あってか、私は翌年二月にメジャーレーベルからCDデビューすることが決まった。このことを、朝青龍が横綱に昇進した際に述べた口上を借りて、

「これからも演劇道発展のため一生懸命がんばります」

という素直な気持ちで表明したい。二子山部屋恒例の四字熟語や、凝った言いまわしはこの際

必要ではない。ただこれから歌手になる青年の気持ちを素直に表現すると、この言葉になるのであった。

ＣＤ発売を記念して、渋谷のクラブクアトロで行われた毛布教のライブで、私は集まった毛布教の信者、もといファンに向けて次のような口上を述べた。

「こうしてようやくＣＤデビューの道が開かれたのも皆様のおかげです。皆様の暖かいご声援に包まれて、私は幸せです。毛布教を結成してかれこれ三十年、いや三年の月日が経ちました。演劇に携りながら得てきたものは、それが演劇への憎悪に変るほどの莫大なストレスと生活苦。〝演劇なんて大嫌い！〟〝演劇なんて消えちまえ！〟日々、苦悩と絶望の闇を過ごしながら、かすかな希望を支えてくれたのは、お客様の笑顔でありました。ステージに立って、見えるお客様のお顔、お客様の悦びから生まれるパワーこそが、私にとって演劇を続ける唯一の原動力となったのです。

元々私は演劇よりも実は歌が好き。歌うことが大好きです。演劇を辞めて歌手になりたい。〝そうだ、私は子供の頃、歌手になりたかったのだ。なのになぜ、今こんなにも憎たらしい演劇を続けているのか？〟その答えがようやく見つかりました。全ては、この夢のＣＤデビューに向かって走ってきたのです。夢の歌手デビュー。この華やかな響きを胸に、私はもうひと踏ん張り、演劇を続けていこうと思います。演劇は夢を掴むための代償でした。

私には夢がたくさんあります。歌手デビューの他には、文壇デビュー、政界デビュー、舞踏会デビュー、園遊会デビュー、オリンピックデビュー、石油サミットデビュー。人生はデビュー、デビューの繰り返し、日々生まれ変わって、私はいずれなんでもない存在になりたい。そうして、世界平和を願いながら、恋人と愛ある幸福な生活を送ることだけを夢見ているのです。

エンターテイメントは愛の夢、アートは愛の祈り。私にとっての演劇はまさしく、夢と祈りの虚実を埋める……〝芸といふものは虚と実を埋める慰みである〟とは近松門左衛門先生の言葉だそうですが、実際の私にとっての演劇は、慰みどころか本気の暴動です。

私の暴動を支えてくれた皆さんに、この暴動がいつの日か、この世の平和を支える愛の証になりますように、祈りを込めて、この曲を歌わせていただきます」

『ワンダフルワールドR&B』というタイトルのその曲は、某大物アーティストに毛布教をイメージしたR&B調の曲を作曲してもらい、歌詞は私が書いた。私自身が愛する世界各国の名産品への賞賛の言葉と共に、角界の力士達の数々の名言を添えて、綴りあげた無駄に文字数の多い歌詞であった。マイクは捨て、赤い拡声器を片手に歌った自称「世界平和」ソングでもある。

その日はクリスマスだったこともあり、毛布教の熱狂的パトロンの牛島さんから、私の年齢

を示す二十五本のドンペリが差し入れられた。そのドンペリを興奮で溢れかえる会場中の観客に向けて、

「頭を冷やせ！」

と全てまき散らした。

ライブ後、青春時代が蘇ったかのように目を輝かせて私の元に駆け寄ってきた牛島さんはその興奮を伝えてくれた。

「いやぁ感動した！　CDが売れたらぜひベンツを買いなさい。そしたら、私、重信さんの運転手になりますからね。でもドンペリは、もったいないなぁ！　お前なんで飲まないんだよ」

賞賛の言葉と、ドンペリの無駄遣いに対する複雑な心境が、半々であった。

「実は、撒いたのは二十五本ではなく、二十四本なんですよ」

まだ箱に大事に納められたままの最後の一本を、牛島さんに見せた。

「あとで乾杯の時にみんなで飲みましょうね」

「ああ、そうかそれなら少し安心した。でも一本をみんなで分けたらほんのちょっとずつだな」

牛島さんは苦笑いしながらも喜んでいた。

結果的には全く売れなかった、この記念すべきデビューシングルのジャケットには私と、恋

人である靖子が二人で並んでいる写真を使用した。私がシドで、靖子がナンシーのつもりでコスプレを決め込んだその写真は、シド&ナンシーのイメージにはほど遠く、私はとてもにこやかな表情をしていて、靖子はなぜかふて腐れ、ぶーたれている。靖子は、普段は美人なのにブスに写ってしまっているのだ。またその写真がジャケットに印刷されたものだから、靖子は写真と同じ顔をしながら私にぶーたれてきた。

「なんでこんなブスな顔した写真使うの。ぶーぶー」

「可愛いじゃん。やっちゃんにしかできないよ、こんな顔」

「もっと、美人に写ってるやつ使ってよね。ぶー」

「やっちゃんが美人なのはみんな知ってるから、ブスな顔も見せたらみんな意外がって喜ぶでしょう?」

「みんなって誰? そんなの毛布教のお客さんだけでしょう? 初めて手に取る人は〝誰?このブスな女連れた、男装のハードレズは?〟って気持ち悪がって買わないよ」

「やっちゃんはブスじゃないじゃん、超美人だよ」

「シゲちゃんはブスだよね」

「あ、うん。まぁ、ブスだけど」

「シゲちゃんはブスなんだから、もっとブスを売りにした方がいいよ。変な男装とかしてカッコつけないでさ。ブス役とかやんなよ」

「あんまりブスブス言わないでよ。ブスがブスって言われると結構傷つくんだよ」

「ブース、ブース」

「整形しようかなぁ」

「でもさ、面白いブスと面白い美人だったら、面白いブスの方が断然笑えるんだから、いいじゃんブスで」

「うん……」

今度は私がふくれる番である。

「何？　落ち込んだの？　大丈夫、シゲちゃんはドブスじゃないから。まぁまぁブスだけど、うーん、よく見るとやっぱ面白い顔してるね。ヒヨコみたいで可愛いよ。可愛い可愛い」

「いいなぁ、やっちゃんは美人で」

「バカ、普通だよ。美人ていうのはねぇ、ニコール・キッドマンみたいな人のことを言うの。シゲが今度書く芝居で、私、美人の役なんて絶対やりたくないからね。面白い役しかやらないから、よろしく」

「面白い役ってどんな？」

「私、黒蝶の役とかやりたい」

「黒蝶ね……」
「嘘！　私、シゲが書く本ならなんだってやるよ。シゲの本は面白いからね。シゲちゃん天才！天才先生がんばって！」

靖子はよく私を「天才」と煽って、尻を叩いてくれた。ベランダに干された布団叩きも天才的である靖子だが、私への尻叩きもまた天才的な裁量を発揮するのであった。

靖子は小劇場界では「あげまんドッキリカメラ」の異名をとっていて、靖子と付き合っていると噂されたことのある若き演出家達は、まず最初に靖子の仕掛ける巧妙なドッキリにまんまと騙されて、他人に対する厳重な懐疑心が育まれることになる。そしてその懐疑心を第一の武器に、みんなこぞって売れっ子になっていったという事実を靖子自身もよくわかっているようだった。

「でも、その懐疑心は最終的にあたしに対する裏切りに変わっていったのね……。あたしと付き合った人達は、みんな売れだした頃に芸能人と付き合いだして……。最初はドッキリの復讐かと思ったんだけど、ドッキリじゃなく、それは本当だった。彼等は、最初に私が松本明子ばりにおちゃらけて突きつけた〝大成功!!〟の看板だけ、持っていっちゃったのよね。看板だけでいいから返してほしいんだけど。コントで使いたいから」

ぐすん、とその時はおどけた調子の靖子だが、たまにすごく淋しそうな顔をする。淋しん坊のやっちゃんだから、私はずっとそばにくっついてぎゅっと抱きしめていたかった。でも靖子は私がくっつきすぎていると、

「ちょっと離れてよ。レズだと思われるでしょ。ベタベタしないの」

と必ず一定の距離を保つのだった。

家の外でも中でも靖子は私とベタベタすることをとにかく嫌がった。街中で手をつなぐことなどもってのほか、私が自然と靖子の手を握ってしまうと、

「頭オカしいと思われるから、手なんかつながないの」

「いいじゃん恋人なんだから」

「ダメ！　外国じゃないんだから」

「外国ならいいの？」

「外国だったら、いくらでも手をつなぐよ」

「じゃ、外国行こうよ」

「お金がないから無理」

「あぁ〜あ。じゃ、やっちゃんとは一生、外で手をつなげないね」

「だから、シゲが売れてお金を稼いだら、外国行って暮らそうよ。私、ニューヨークに住みたい」

「ニューヨークかあ……」

靖子と私は何度となくニューヨーク旅行を計画したが、結局行けずじまいだった。私は靖子と別れた半年後に、靖子が大好きなニューヨークに一人で旅行することになった。その旅行中は靖子が好きだと言っていた場所には全部行って、靖子を追想した。

人前でも決して恋人の素振りを見せない靖子に私はよく業を煮やして、

「やっちゃんはシゲのどこが好きなの？」

と聞いたものだ。決まって靖子はこう答える。

「才能のあるとこ」

「へぇ～。性格とかは？　好きじゃないの？」

「シゲは性格悪いから嫌いなとこがたくさんあるよ！　でも私、才能のある人大好きだからさ。才能なくって性格ばっかり悪くなったらすぐどっか行っちゃうからね！」

「がんばる」

「でも売れたらきっと芸能人と付き合って、ヤスを捨てるんだよ」

「捨てないよ」

「そんなのわかんないんだから、約束しないでよね」

「やだ、やっちゃんと結婚する」

「女同士だから結婚はできません」

「じゃあもし私が男だったら結婚してくれるの？」

「うん。するよ。すぐしちゃう。毎日シゲのおいしい才能を一緒に食べて暮らすのだ。料理はヤスがするからね」

自らを「才能好き」と豪語する靖子。きっと今まで、「才能」のある恋人を深い愛情と優しさ、包容力で見守り、明るい未来に導いてきたのだろう。靖子には人間的な愛が滲みでている。肌を重ねなくても、人肌の温もりをいつも感じていられる。

「やっちゃんは本当に、いい女だよね。やっちゃんほど女っぷりが満開で魅力的な人はきっといないよ。私、他の人とか全然興味わかなくなちゃった」

実際、浮気症の気があることをこれまでの恋愛生活で何度となく証明されている私が、靖子と恋人関係でいる二年間、一度たりとも浮気をしなかった。私にとってのやっちゃんは家庭であり、お母さんであり、お姉さんであり、たまに厳しい時はお父さんで、最良の友人であり、最高の恋人だった。

ここに、「才能くん」と呼ばれる怪物くんみたいな少年がいるとしよう。いつも空腹な才能くんは自分の力を支えてくれる愛を欲していた。ある日、才能くんは「靖子」という母性が溢れんばかりの女性に出会い、その魅力に惹きつけられて恋をした。二人が恋人同士になると、才能くんは靖子の深い優しさに育てられ、靖子の愛でお腹がいつもいっぱいになるようになった。お腹がいっぱいになった才能くんはパワーアップし、いろんな場所で活躍するようになった。お腹がすかぬよう、いつも靖子に寄り添って、いっぱい愛をもらっていた。ある日、才能くんは鏡で自分の姿を見て驚愕した。以前は痩せぎすだった才能くんは、見苦しい悲惨な肥満体型になってしまっていたのだった。才能くんは太りすぎた自分が嫌いになった。おいしい愛と旨み成分を摂りすぎてしまっていたのだ。才能くんは、以前の痩せぎすの自分には戻りたくはなかったが、少しシェイプして、筋肉の引き締まったちょうどいい具合の体型になりたいと願った。栄養を多く摂りすぎたのだ。愛でお腹いっぱいになる自分に恐怖を感じた。気がつけば靖子には恋人に対するよりは母親に対するように甘えきってしまっている。このままだと、愛で飽和された才能くんはパンクしてしまうだろう。才能くんは靖子の元を離れ、自立することを決めた。靖子にいっぱいおいしい愛をもらったお礼に、自分の永遠の愛を置いていった。才能くんは、一人で生きる場所を求めて、再び孤独の旅に出ていったのであった。

私は靖子に別れ話をする時、この話をした。

「で、それは何？　あんたが才能くん、て言いたいの？」

「違う違う、普遍的で抽象的存在。名前は単なる仮名ね」

「ふん、紛らわしいね。別にいいけどさなんでも。あんた人前で、絶対自分のこと〝才能くん〟なんて言っちゃダメだよ。そんな自惚れ最低」

「言わないよ」

「シゲはたまに自惚れ過ぎる時があるから、それだけは今後やっていく上で気をつけること」

「はい」

「それから、靖子はあんたの母親では決してないから、キレて甘えたりするのやめてよね」

「はい。やっちゃんは元恋人の現親友です」

「よし。そういうこと」

別れを迎えた時、私にとって靖子は確かな「聖母」だった。欲望深い私は、聖母との清らかな恋愛を続けることが苦しくなり、道端に立っている娼婦とのスノッブで即物的な恋愛で、垢にまみれたくなったのだ。

二年間恋人でいつづけたのに、靖子と写っている写真は、ＣＤジャケットに使われた一枚しかない。私はこの一枚をとても気に入っている。その写真を見るたびに、靖子が私とだけ共有してくれた特別な時間を思い出す。こんなにもにこやかに笑っている自分の顔、私の笑顔は靖子の教育の賜物だ。攻撃的で険が取れなかった私が、靖子からは安らぎの時間をもらったのだ。だから私も人に対して優しい気持ちでいられるようになった。

毛布教での作風も明らかに変わった。今まで地面に叩きつけていた石を、空に投げるようになったのだ。それまでの私は何に対しても批判的なネガティブ思考。それが靖子と過ごすようになってからは、極端だが全てに対して肯定、会う人会う人「みんないい人」だ。それは演出をする時にもまた、世界を広げてくれる武器となった。物事の悪い面といい面は、見方の問題で、解釈を探せば、なんでも「いいもの」である。そう考えると世の中にはいいものが溢れている。私はどんどんいいものを紹介しよう。いいもの尽くしの舞台をつくろう。何に対してだって愛を持てば、不幸を思うことはない。孤独を思うことはない。敵意を持つことはない。戦争が止むかもしれない。私の演劇は社会への憎悪から社会への愛に変りはじめていた。

また、靖子とはこんな約束も交わした。

「私はシゲのお芝居が面白いと思うし、大好きだよ。だからいつでも出たいって思ってるけど、でも、もし恋人関係が終わったとしても、靖子とずっとお芝居やってくれる?」

私は靖子のお芝居が大好きだし、面白いことに対してはどこまでも貪欲に突き進んでいくまっすぐなところも信頼していた。靖子もまた、私を信頼してくれた。その信頼の相思相愛は心地よいものだった。

「私はやっちゃんの魅力がいっぱい引き出されるようなお芝居を書いて、ちゃんとスターにするからね」

「本当に？　スターにしてくれるの？」

「私はやっちゃんをスターにするまで一緒に続ける」

「恋人として好きじゃなくなってもだよ？」

「それはないと思うけど、もし、仮に恋人関係がなくなったとしても、やっちゃんのことは女優としても大好きだし、それは一緒にお芝居をつくっていく上でまっとうしたい。別れてもスターにする」

「楽しみだなぁ。いっぱい面白いの書いてよね、作家先生」

靖子とはそれからお芝居でも、私生活でもお互いの「才能」を証明するための「パートナー」となった。


しかし、メンバーではない靖子に立てつづけに目立つ役ばかりを渡すものだから、毛布教のメンバー達の心中は穏やかではなかった。「靖子の才能を認めているから」という理由で説得するには時間が必要だった。

「ジュリさんと恋人だからじゃないの？」

靖子に対して生々しいやっかみを露骨に表すメンバーもいた。

それでも靖子は何食わぬ顔して、

「シゲちゃんとは付き合ってない」

と言い張った上で、

「シゲちゃんは面白いと思ったらバンバン使うし、面白くなかったら出番を減らすし、そんなの演出家だったら当然じゃない。変なひがみはやめてよね」

と正直な物言いで、さらりとかわしてきた。

「悔しかったら面白い芝居やってみろ。べーだ」

靖子のあっかんべーは靖子自身のイノセンスの象徴だった。メンバー達は靖子に「べー」とされると怯むしかない。形勢はいつも靖子の方が有利だった。

確かに、その時の毛布教のメンバーを凌駕する面白さが靖子にはあった。アンダーグラウンドでトリッキーな芝居を個性として磨いてきてしまったメンバー達には、エンターテイメントとして広がりもある上で、個性的で強烈な芝居もできる、靖子の「センス」に敵う者はいなかった。毛布教の芝居に靖子は欠かせない存在となった。だが、一方で、

「ジュリさんの求めるものが変わったからもうついて行けない」

と言って辞めていくメンバー達もいた。その時の私には靖子が一番必要だったから、辞めていくメンバーを追いかけることもしなかった。私は自分が行った仕事の全てに靖子の評価を求めた。靖子が「面白い」と言うものは全て面白い。靖子が「面白くない」と言うものは面白くないと、何から何まで靖子の尺度で物事を考えるようになっていた。靖子が「面白くない」と言った台本は靖子の「ＯＫ」が出るまで、いつも書き直した。

私が机に向かって台本を書いている時、靖子は私の部屋に『24-TWENTY FOUR』のＤＶＤをどっさり持ってやって来ていた。

「シゲが台本書き上がるまで、私は『24～』観ているからね。がんばってね」

靖子は持参したヘッドフォンを装着し、コタツに入ってみかんを食べはじめる。

「えー、ずるい。先に見るの？」

「私だって本当はシゲと一緒に『24～』を観たいのは山々なんだけど、台本書き直さなきゃダメでしょ」

「今一緒に観て、やっちゃんが寝る時に私が台本書くのじゃダメなの？」

「ダメダメダメ！　そんなことしたら、絶対シゲも寝るんだから。早く書かないと、ヤスだけどんどん『24～』進んじゃうからね！」

「はーい」

「うわぁ！」「えぇぇ？」という靖子の驚きの声だけで私はちらちらと『24〜』の行方を気にしながら、執筆を進める。静かになったなあと思って、パソコン机からコタツの方に振り向くと、

「あああわあわ………」

と靖子は口を開いて画面に食いついたまま私が振り返ったことにも気づかないでいるのだ。画面に流された家族の感動的な再会シーンに、目にたっぷり涙を浮かべて、靖子は感動のあまり声を失ってしまっているのであった。そして我に返ってようやく私に気づく。

「あれ？　先生できたの？」

ヘッドホンを外して私の進行を確かめる意地悪な靖子である。

また毛布教がライブをする時は必ず、靖子が大好きな矢沢永吉のビデオを観るようにと私に強要するのだった。

「ほら、今度あんたライブやるんでしょ？　永ちゃん観て、最高のエンターティナーを研究しなさい」

「わかった」

ビデオがまわりはじめ、永ちゃんが歌いだすと

「いやぁ！　永ちゃんカッコイイ！　フゥ！　シゲも永ちゃんみたいな動きしなよ。カッコイイから。あんたがやったらきっとカッコイイよ」

私はビデオをじゅくじゅくと観ては靖子が喜ぶように矢沢永吉の立ち姿の研究を始めた。

「あー私は永ちゃんと結婚したいなぁ」

靖子はうっとりと永ちゃんを眺めたままだ。

永ちゃんだけではない。靖子と観た映像は山のようにある。

「ほら、シゲ、全員集合のＤＶＤボックスが出たから買いにいくよ！」

私達は初回特典のハッピをどちらが手にするかでもめた。

「ねーシゲ、ヤスコ、ラス・メイヤーのＤＶＤボックスほしいんだけどなー」

同じく初回特典でもらった二種類のＴシャツをどっちがどっちを着るかでしばらくもめた。

「大映ドラマのＤＶＤボックスが出るんだって！　ヤスが『スチュワーデス物語』買うから、シゲは『少女に何が起こったか』を買うんだよ。そんで一緒に観ようね」

残念ながら初回特典は得られなかった。

「もうヤスが言わなくてもチェックしてるよね？　今度は川口探検隊のボックスだぞ」

川口探検隊の初回特典であったオリジナル探検服は、「これは稽古着にするの」と靖子が言って離さなかったので、私はすんなりと靖子に譲った。

お陰で、我が家とヤスコの家には数々のＤＶＤボックスが積まれ、様々な特典グッズに埋もれるようになった。

靖子はまた、稽古でストレスを溜めるとその鬱憤を晴らすため、ドンキホーテに買い物に行くという奇癖があり、私は一緒に原チャリを走らせて付き合った。

「あー楽しかった。ドンキ大好き」

靖子は、一回の公演の稽古中に少なくとも一度はドンキホーテを訪れないと稽古に集中できなくなってしまうそうだ。私が打ち合わせで付き合えなくなった時は、あからさまに落胆する。

「えー。ヤスコが発狂しても知らないよ。じゃ、車出してくれる友達誘うからいいもんねー」

明くる日ニコニコと稽古場に現れたヤスコは、昨夜ドンキホーテで友達に低反発のマットレスを買ってもらったと上機嫌だった。

「あのね、新しいマットレスで昨日はすごい安眠できたの。やっぱ、稽古中のドンキショッピングは大事だね」

このように、靖子と毎日のように繰り返した生活感に溢れる暮らしを背景に、毛布教は二〇〇四年三月と十二月の二回の公演を迎えた。どちらも靖子との生活の安住を守った上で、行ったものだ。だから、以前は恋人といるよりも打ち合わせをする時間を大事にとっていた私が、打ち合わせをする時間は恋人といる時間の二の次として調整するようになった。私にとってそれは全く苦しいことではなく、むしろ密かに家庭を持ったような幸せをひしひしと感じながら、靖子との愛を深めていくことばかりを考えていた。

しかし靖子と付き合いはじめて一年半が過ぎた頃、毛布教は崩壊した。

私が靖子との甘い愛情関係に現《うつつ》を抜かしている間、劇団スタッフやメンバー達との関係は修復不可能なまでに壊れてしまっていたのだ。私がそれに気づいたのは二〇〇四年十二月に行われた毛布教の公演終了後、決算報告書に三百万円の赤字の数字を目にした時だった。私はまずプロデューサーを問いつめた。

「僕は今回の公演には初めから反対だったじゃない。重信くんには少し休憩した方がいいだろうって散々言ったよね。でも君はやると言った。やると言ったのに台本の上がりは遅かったし、それによって準備の時間が短くなった分、スタッフの人件費や、諸々仕度のお金が倍かかってしまう。プロモーションする時間も十分に持てなかったから、集客が減って赤字も出た。でもお客さんが減ったのは宣伝が弱かったからではなく、君の作品が面白くなかったからだ。それはちゃんと認識したまえ。

とにかく僕はもう、君の面倒は見きれないよ。君の意志と僕の意志は合わないようだからね」

そう言ってプロデューサーであった花椿満は毛布教から手を引いた。花椿満に制作ノウハウを叩き込まれ、一人前の制作者として育てられた東向寺からも三くだり半を叩きつけられた。

「私、実は現在、心療内科に通いはじめているんです。狂う寸前だと言われました。狂ってしまう前に、毛布教を辞めさせてください」

決算の打ち合わせを行った幡ヶ谷のジョナサンでそう宣告を受けた。

「ジュリさんに急を要す電話をかけ、〝今恋人といるのに、電話なんかかけてくるな〟と怒鳴れるたびに、アトピーがひどくなったんです。今回の公演も、あの六十八万円の螺旋階段の必要性が最後までわからなかった。納得できないのに、ゴーサインを出すジュリさんを止められなかったのが悔しいんです。前なら止められた気がします。でも今回は〝もう、どうでもいいや～〟って思っちゃったんですよね。結果この大赤字です」

六十八万円の螺旋階段は「舞台に螺旋階段があったらいい」と以前、靖子がふと漏らした言葉を思い出し、発注したものだった。二年間制作に携ってきた東向寺は携帯電話の私からの着信音を「滝のせせらぎ」音にして、ヒーリングされてからではないと電話に出られない状態であるらしいという話をメンバーから聞いていた。

「滝の音くらいではもう癒されません。公演が終わってからは着信拒否リストに入れてしまいました。メールはかろうじて受け取れる状態にしてありますけど。

昨日、この決算書を作成したあとで、鏡で久しぶりに自分の顔を見たんですけど、鼻からちょろっと毛が出てたんです。ショックでした。いつから出てたんだろう？　この鼻毛。そういえば二年間一度も鼻毛を切ってないことにも気づきました。ジュリさんなら私が鼻毛出てたことぐらい気づいてたでしょう？　どうして言ってくれなかったんですか？　どうせ恋人と私の鼻毛について笑い合ってたんでしょう？　さぞ、面白かったでしょうね。もしくは悲しんでいただけましたか？　私が鼻毛出ていることに、憐れんでたんでしょうか？　どっちだって、そんなの私の鼻くそ食らえですけど。でもね、昨日切りましたから、鼻毛。パッサリと」

東向寺は丸まったティッシュを私に差し出した。私はそれを広げるまでもなかった。

「二年分の悪露です。ご査収くださいますようお願い申し上げます」

業務メールの結句のようにオートマティックな言い方で、東向寺は席を立ち、去っていった。

お金も制作スタッフもいなくなり、この時ばかりは私は靖子にではなく、共に毛布教を旗揚げしたヒデコに相談した。

「ジュリさんはさ、なんでも澤口さんの言う通りにしているように見えるから、みんな面白くないと思うよ。実際どうか、私にはわかんないし、みんなも聞けないいけど、そういう風にも見えるんだって。毛布教はジュリさんと恋人のための劇団じゃないんだよ。ジュリさんが自分で面白いと思うことをやってよ。あなたが面白いと思うことを、みんなやりたいんだよ。最近は人の意見ばっかり気にしちゃってさ、作品がどんどん普通になっていくよね。前はさ、それこそ学生の時は、誰の言うことも聞かないで、面白いことやってたじゃない。そういうのやってよ。エンターテイメントがどうとかこうとかどうでもいいんだからさ」

自分の愛する人を喜ばすことができないで、世間の多くの人を喜ばすことなんてできないと私は思っていた。だから靖子にはなんでも聞いたのだ。靖子が喜ばないような舞台は、つくりたくなかっただけだ。私の愛は劇団にとっては邪魔なものなのか。

私はほとほと疲れてしまった。現実的には制作スタッフがいなくなり、メンバー達の心が離れている今、果して毛布教は継続していけるのだろうか。

「解散するってことも選択肢の中にあるんだけど」

「それも仕方ないよね。私もう一度制作やれって言われてもそこまで体力ないもん」

「でもさ」

あっさりと、「解散」を受け入れようとするヒデコに対しても淋しさを感じた。

二〇〇四年末のことだった。年明け三月には大阪でのライブ、七月にはいよいよ小劇場の殿堂と言われる本多劇場での公演が決まっている。

頭ではこれまで何度も解散することを考えたが、口にするのは初めてだ。「解散」と口にした瞬間、自然と涙が出てくる。毛布教を築き上げてきた苦悩も喜びも全て覚えている。今終らせても、まだ苦悩の方が十分に勝っているのだ。私はこの苦悩を帳消しにするまで終わりにはできない気がした。

「私、今、二十六歳なんだけど、あと三年が限界かな。毛布教は三十歳までは続ける。三十までは何があっても何度でも建て直すし、どんなキツいことにも耐える。だからヒデコもあと三年はついて来てほしい」

「うん、あと五年とか十年とか言われたらちょっとしんどいけど、あと三年だね。それまでになんとかなるようにがんばりましょうね」

「なんとかなる」と言っても具体的に何かになりたいわけでもない。ただ、生活にまつわる不安要素とか、劇団を続けていく上での社会的な後ろめたさを感じなくなりたい、その苦痛を受け入れられるのは三十歳がリミットだと漠然と思ったのだ。

第9章
ずるずると性愛

二〇〇五年はストレスと忙しさで何度となく頭がオカしくなりそうになった。おかげで一年のうちに家中の家電製品達が次々と壊れていったのである。ヒデコと別れて以来、約二年ぶりに「デストロイ重信」の襲来である。デストロイ重信は少し大人になったので、「破壊王重信」と密かに改名されたが、やっていることはなんら変わってない。

最初の徴候は、携帯電話に現れた。止めどない怒りやイラつきを体で表現するため、携帯電話を壁に投げつけて破壊した。買い換える時、ちょっとやそっとでは壊れない頑丈なGショックタイプの携帯を買ったが、それも折り畳み式の本体を逆に折り曲げ不能にした。呆れ顔の靖子と共に三台目の携帯電話を買いにいった。

「もう、シゲはなんですぐ携帯に当るの？　もう持たない方がいいんじゃない？」

「でも持たないわけにはいかないもん」

「じゃあ、ヤスコがシゲに似合う可愛い色を選んであげるから、もうそれは壊しちゃダメだよ。それ壊したら、ヤスコ悲しくて泣いちゃうからね」

結局また頑丈なGショックタイプの携帯電話を買った。靖子が選んだのは私に似合う色というより靖子好みの発色のいい色だった。

「はい、これにしなさい。金運もアップするからね」

靖子が選んだ蛍光イエローの携帯電話はその後壊されることはなかった。

携帯電話を壊せなくなると、破壊王が選んだのは家中の家電だった。電子レンジの扉が壊れ、冷蔵庫の扉が壊れ、目覚まし時計は足が折れて不具の体となり、テレビのブラウン管にヒビが入った。壊すモノがなくなると、マヨネーズ、ケチャップ、化粧乳液、液体のファンデーション、飲みかけの缶ビールなどを壁にまき散らすようになった。ある日、私のアパートを訪れるなり靖子はこう言った。

「画家のアトリエみたいになってるけど、どうしたん？　油絵でも始めたんか？」

荒れ果てた部屋中の壁は私のストレスがほとばしったキャンバスに成りかわっていた。

「自分で汚したんだから、自分で掃除しなさいよ。ヤスコは手伝いませんからね」

靖子は汚れてシミのとれなくなった壁を鑑賞しながら、「ほほぅ。まさしく現代アートですな。作家のパトスが滲み出ている作品だ」などとぶつぶつ言って部屋を徘徊する。

どんなに破壊欲求が高まっても、私の大事な仕事道具である九七年型の古いｉＭａｃだけには、さすがに手を下せなかった。破壊王重信は、すでに老いぼれてよぼよぼの死にかけのパソコンは、自分の手をかけずともいずれ息を引き取るのは時間の問題だと、そこには情けをかけていた。しかし、この古いＭａｃが弱った腰とボケかかった頭で精一杯吐き出した芝居の台本の束を、破壊王重信はびりびりに引き裂き、目の前にいる靖子に投げつけたこともあった。

「いやぁ、ちょっと、なんなのそれ！　なんで台本ビリビリにするの」

「だってヤスが文句言うからじゃん！」

「文句じゃないよ、ただ〝その内容じゃ私にはどこが面白いのかわからない〟って自分の感想を言っただけじゃん」

私は時間のない中書いた台本を靖子にそう言われ、無性に腹が立ったのだ。

「明日から稽古でヤスコが持つ台本がなくなっちゃったじゃない。ちゃんと弁償してよね」

結局次の日には内容を改めた新しい台本をメンバー達にも配り直すことになった。

このような私の状況を見かねた靖子は最終的に、

「はい、これシゲにプレゼントだよ」

と言って、クルミがたくさん入った袋を私に差し出した。

「破壊王が現れたら、これを破壊しなさい。誰にも迷惑かけないし、クルミさん自身も殻を壊してもらった方が喜ぶしね」

それから破壊王の姿は徐々に消え去り、代わりに「クルミ割り重信人形」という新しい人格が現れるようになった。


このような破壊王重信の人格が現れるようになった理由は明白であった。内部崩壊した毛布教を建て直すため、私は再び制作の仕事を兼ねるようになったのである。以前とは仕事の量もスケールもまるで変っていたし、公演準備のための打ち合わせの時間も尋常でない量を重ねなくてはならなかった。毛布教が他の現場で仕事をする時は、私がマネージャーとなってメンバーのスケジュール調整やギャラの交渉をするしかなかった。同時に私自身もその現場に俳優として参加していると、もうしっちゃかめっちゃかで、集中する時間もないまま自分の仕事ができなくなる。あるいは雑誌の編集部やキャスティング会社などから、

「港乃さんの写真を送ってください」

なんて連絡が入ると私が対応するしかなく、それが台本を書いている時間にたまたま重なったりするから、もう埒《らち》があかない。暴発特攻部隊の参上である。

なんでこんなことまで私がやるのだ？　私の本来の仕事はなんだ？　台本を書いて演出をし

て、演劇作品を発表していくことではないのか？　誰かが悪いわけでもなく、悪いのは状況そのものだった。私はその状況を受け入れ、快方の道が開かれるまで、その状況下で全て耐えながらやっていくしかなかった。毎日何がなんだか朦朧としながら、まとまりがつかない日々が続いた。呂律がまわらなくなり、

「〝です、ます〟と言っている時間がもったいない」

と、他人に対して敬語を使うことをやめた。

世界で一番大切なものが二つある。恋人である靖子と私が生きる場所である毛布教。そのどちらか一方を大切にすると、どちらかが犠牲になる。両方が幸せになることができないのだ。もし恋人が死にかけている時、私は舞台を捨て恋人の元に駆けつけるだろう。だが、舞台を捨て恋人とただ生きつづけることは、私には無理なのかもしれないと、うっすらとだが感じはじめていた。私が本当にやりたいことをやり遂げるには、個人への愛は捨てねばならない。愛を選ぶか孤独を選ぶか。どちらか迷いながら、ずるずるとどちらに対しても中途半端なまま、勝手に流れてくる時間とせめぎあい、ある時はそれに乗っかり、乗り遅れたら急いで追いつき、来るべき時間を常に慌てながら待つ。毎日がゴリ押しだ。私は演劇とも恋愛とも心中できないまま、優柔不断に愛人と本妻の間を行き来する間男のようだった。

夏に行われた本多劇場での毛布教公演を終える頃、私は靖子への愛を日常のものから、遠い向こう岸に仕舞うことにした。恋愛をする時間がないのだ。本当ならば二十四時間一緒にいて四六時中愛を捧げたいのに、それができない苦痛。そばにいればいるほどキリがなくなる途方もなさ、私は働かなくてはならなかった。

「私はやっちゃんのことが大好きだけど、恋愛とお芝居は一緒にはできない。お芝居を一緒にやり続けたらやっちゃんのことを恋人として幸せにすることはできないんだよ」

「誰か好きな人でもできたの？」

「できないよ。もう深く人を愛したりできない」

「なんだそれ」

「やっちゃんのことは一生愛していきたいから、だから恋人の関係は終わりにしよう。でもお芝居のパートナーとしてはずっと一緒だよ」

「ふむ。シゲがそう言うなら、いいよそれで。シゲちゃんとは恋人じゃなくても親友としてもやっていけるもんね」

「ほんと？」

「だってあんた友達いないんだから、ヤスが親友になってあげる。でもヤスのことをスターにしてくれる約束はちゃんと守ってね」

「もちろん。やっちゃんのことは絶対スターにするからね」

私はふと、ヒデコと別れる時にも同じようなセリフを言ったことを思い出し、自己嫌悪が身を包んだ。でも結局そうなのだ。一緒にお芝居をつくる女優と恋愛してはいけないのだ。靖子と結婚できるものなら結婚して、堂々と愛をまっとうしたかったけど、それもできないのだから、こうなるのだ。ここそと靖子への愛を隠しながら何十年も恋愛を続けていくには私にはまだ度量が足りない。

「でも別の誰かと恋愛したってシゲはすぐ飽きちゃうよ、きっと。ヤスよりいい女なんていないんだからね！」

靖子は拗ねた顔で言う。

「やっちゃん、泣いてるの？」

「泣いてない」

泣いているようだったけど泣いていないような、どちらともわからない靖子の顔を見て、私は涙が出てきた。靖子は私が仕事先で嫌なことがあって悔し涙を流している時はよく、

「なんでシゲはすぐ泣くの？　泣いてたら強くなれないよ。人の前に立つ人間は人前で涙なんか流しちゃダメなんだからね。でもヤスの前では泣いていいからね」

と言って涙を拭いてくれた。思えば付き合っていた二年間の中で、靖子が恋愛のことで泣いた顔を見たことがない。映画を観て泣いているのはよく見たけれど、自分のことになると決して感情を剥き出しにせず、静かに諦めるように気持ちを隠すのが靖子だった。五歳も年上なのに、靖子が泣くのを我慢している顔が可愛くて可愛くて、そんな時は「ちゅー」とキスをした。二人で写っている唯一の写真の拗ねた顔も、だからこそ愛おしい。普段、ギロリと人を呑みこむような顔をしている靖子が、二人でいる時に見せるその拗ねた顔が私は一番好きだったのだ。

「でも、シゲちゃん本当はさ、誰か好きな人ができたんでしょ？」

涙ながらの別れ話をしたあとで、靖子は鋭く私に突っ込んできた。まんまと「ギクリ」とした私の表情を靖子は見逃さない。

「シゲは嘘つくの本当に下手だよね。誰？」

「え」

「ほら、やっぱ好きな人いるんじゃん。いいよ、別に傷つかないから言ってごらん」

「やっちゃんの知らない人だよ」

「嘘だぁ。シゲは身近な人しか好きにならないもんね」

「友達の友達」

「あんた友達なんていないじゃん」

「……………」

「恋愛のこと話さないなら親友にはなれないよ」

「言ったら応援してくれるの？」

「う～ん、人による。でも別れるなら正直に話して。誰？　ひょっとしてもう付き合ってるの？」

「付き合ってない、し、たぶん付き合わないんじゃない」

靖子の存在が偉大になりすぎて、恋愛対象としてうまく見れなくなった時、私には気にかかる人が五人いた。靖子とのストイックな恋愛を経て、ダムが決壊したかように、あるいは「もう誰も愛さない」と誓ったその日から「そんな人生ありえない」と対抗する俗物としての私自身が節操なく現れはじめていた。全て仕事で関わった女性達だ。

靖子に対して完全なる愛を抱きながら「あの人も」「この人も」と次々に恋をした。靖子が分母なら、その他の人は分子だ。軽々しく、深く関わらない形での恋愛を求めたのだ。

テレビ制作会社の美人プロデューサー井川さん、美人小説家の来栖宮さん、美人イラストレーターの三原山さん、美人女優の新浦安さん、そして美人陶芸家の吉村さん。とにかく美人祭りだ。恥ずかしながら、私は美人が好きだ。

その中で、特に意中の相手となったのは美人陶芸家の吉村天竺さんだった。「吉村天竺」とは陶芸家としての名前で、彼女は「生理休暇」という芸名でたまに小劇場のお芝居にも出演する女優でもあった。本名は吉村晴美（29）。最初の出会いは毛布教が大阪でライブを開催した時のことだ。ライブハウスは座席と立見席が別れていて、立見席の一番前で腕を組み、ステージを眺める様は、一際目立って色めいていた。普段のステージで客席にいる特定の人を見つけることはまずないことだが、その時ばかりは覚えている。私がステージから立見席につながる花道を歩き、客席に向けて帽子を投げるパフォーマンスをした際、投げた帽子を拾ってしまったのがたまたま彼女だった。

拾った帽子を届けに楽屋を訪れ、「陶芸家・吉村天竺」と書かれた名刺と東京・祐天寺のギャラリーで行われるグループ展のＤＭをスタッフに渡していった。

毛布教の次の公演の題材が「陶芸と私」だったこともあり、稽古が始まった頃、演出助手を通して彼女に連絡をとったら二つ返事で協力を了承してくれた。吉村さんは三宿に住んでいて、三軒茶屋に住む私とは目と鼻の距離。三宿のラボエムで打ち合わせを兼ねてお茶をした。

なんか、エロい人なのである。艶っぽいとか色っぽいではなく、エロいのである。関西出身の彼女は東京に住んで三年以上経つのに、べたべたこてこての関西弁のままだ。敬語を喋っている時、不器用そうに感じたのは、不自然に関東の言葉を交えていたからだと、あとになって気づいた。その弱々しい声色と関西独特のイントネーションが私のエロ中枢を刺激する。なぜだかとてもエロい気がした。お酒を一滴も飲めない彼女がとりあえず、

「ウーロン茶」

と関西弁で言うだけで、ドキッとする。

「ありがとう」

と不思議なイントネーションもエロい気持ちになる。変態的な魔力だ。

「強いて気になる人と言えば、吉村さんかな」

「ん？　誰？」

靖子は稽古場に何度か訪れたことのある吉村さんを記憶の片隅から引っ張りだすまで時間がかかるようだ。

「あのほら、陶芸の」

「ああー、関西弁の！　えぇ、なんで？　どこが好きなの？」

「なんか、優しそうじゃない？　家近いし」

「シゲはああいう子が好みなんだ」

「好みっていうか、好みかなぁ。美人だし」

「ほえー」

「あ、でもね吉村さんには忘れられない人がいて、恋愛する気があんまりなさそうなんだよね」

「ほえー。でもま、がんばんなよ」


母・靖子の許しを得て、私は吉村さんとマメに連絡をとるようになった。家が近所だということは距離を縮めるのには最適だった。毎夜「夕食を一緒に食べよう」「ランチを一緒に食べよう」と誘い出し、食事を共にした。何度目かの食事のあと、実に自然に三宿の吉村さんのマンションを訪れた時に告白した。

「好きです」

するとと吉村さんは、

「私も好き（関西風）」

と顔を赤らめた。

それからもう一歩踏み込んだ付き合いが始まった。しかし、「付き合おう」と言った翌日に吉村さんは神妙な面持ちで、前言を撤回しはじめたのだ。

「ごめんけど、やっぱ付き合えへん」

「えっ、なんで？」

「私、恋愛すると、とことん依存するねん。死ぬほど好きになるねん。ジュリはなんかプレイボーイな感じするから、誠実な気がしない。ほんまに私のこと好きなんか？　どこが好きなん？」

「えっと、なんか色っぽいとこ」

「ほら、なんやのそれ？　色っぽいとか言われても全然嬉しくないわ」

「なんかよさそうな気がするの！」

「なんでテキトーにごまかすねん。そういうとこ、ほんまに無理やわ。ないわ。ないない」

「うるさいなぁ！　好きって言ってんだから、別にいいじゃんか！」

「何？　逆ギレ？　ひっどいなぁ。誠実さに欠けるわぁ」

「ハルちゃんのことは好きだよ。好き好き好き好き！」

「そんなん、セックスしたいだけやろ」

「違う！　一緒に犬とか飼って暮らしたい」

「勝手に妄想すんなや。もっと内面的な話しよ。私の内面知ったら、きっと面倒がるって絶対。嫌いになるで」

「いいよ、嫌いになったら。それはそれでしょうがないじゃん」

「ま、それも一理あるわな。どないしよ」

「だからとりあえず、付き合えばいいんだよ！」

「だから、私に〝とりあえず〟ってのがないねん。好きにならないと付き合えへんねん」

「昨日は〝好き〟って言ってたじゃん」

「なんか、ノリで言ってもうた。よくよく考えたら、好きなのかどうかようわからん」

「めんどくさっ！」

私はもう誰かを口説くとか、キスまでのプレリュードだの、愛のエチュードだの、そういうのは本当にどうでもよくって、とっとと恋愛関係になれば、それでよかった。それでも私の家に来れば、抱き合うし、流れるようにエッチないたずら行為をして、エロスを孕んだ妙な関係になっていった。

晴美はその後も何かと、

「やっぱり付き合えへんねん」

「最後まではできへんねん」

「(クリトリスを) 舐めたらあかんねん」

と恋人になることを拒みつづけた。

「今日は家に来たらあかんよ」と言う日は、世田谷公園を散歩し夜空を一緒に眺めた。エロい人とのプラトニックな関係は、それはそれで性欲を刺激するもので、私はなだれ込むように晴美にハマりはじめた。

「ほんまにジュリとは付き合えへんよ。私、好きな人おるから」

晴美はそう言いつつも、毎晩のように逢瀬を重ねるうち、セックスをするようになった。

何度か体を重ねるうち、晴美とはいつの間にか恋愛というより性愛の関係になった。人は一様にしてスケベなのだろうけど、そのスケベ具合が合致することの気持ちよさ、「エロい」「したい」と思う瞬間の感覚が共通してしまうと、もうお終いだ。とめどなく快楽を追求し合ってしまう。つまり晴美とは「エロ偏差値」が同じレベルだったと言える。

「イっていい？（関西風）」

晴美がそう呟く瞬間はたまらなくエロい。これまで無記入だった趣味の欄に、「趣味：セックス」と記してもいいんじゃないかと思えるほど、セックスに対する貪欲な気持ちがめくるめく解放されていった。

「ジュリはほんまに変態やねんなー」

「ハルちゃんだって相当変態じゃん」

「普通やて。人はみんなスケベやねん」

「でも淡白な人もいるよ」

「あかんなぁ。淡白な人とは付き合えへんわぁ」

私は晴美が「無類のセックス好き」だったので安心していろいろ試すことができた。一緒にSMショップに行って、様々なペニスバンドを買い込んだ。女子と付き合うとペニスバンドを使うか使わないかで微妙な線引きがある。

「絶対使ってくれるな。汚らわしいっ」

と言う人もいれば、晴美のように、

「はよ、ペニバン使《つこ》うて」

と大歓迎な人もいる。

晴美の性癖は清清しかった。

「なぁ、全身舐めてもいい？」

「お風呂入ってないから臭いよ」

「臭いのがたまらんねん。匂い嗅いでいい？」

私の体の匂いを嗅ぎまわり、舐めまわす。

「ああ。ええ匂いやわ〜。たまらんなぁ」

私の足の指からお尻の穴、髪の毛の生え際まで舐めつくしている時、彼女の股間に手をやるとぐしょぐしょに濡れている。

あるいは、こんなだ。

「目隠しして、やって」

「Yシャツにネクタイして、やって」

「後ろから、して」

「オナニーしてから、して」

「普通に、して」

「あ、でもメガネもええなぁ。メガネかけて、して」

「縛って」

様々なシチュエーションやコスプレでセックスを楽しんだ。

「ジュリとはセックスの相性が合いすぎるねん。ジュリの指ですぐイってまうし。なんでこんなに気持ちえええんんやろ？」

私は晴美とのセックスで毎日エロいことで頭がいっぱいになった。


晴美が住む三宿のマンションの契約が切れる頃、私はちょうど三軒茶屋の中でアパートからマンションに引っ越したばかりだった。それまで付き合っているのかいないのか明言しなかっ

た晴美だが、

「家が決まるまでしばらくジュリんちに住んでいい？」

と、ある日うちに荷物を持って現れた。私は買ったばかりのセミダブルのベッドで晴美を迎え、それから一カ月半、一緒に暮らした。

晴美は甲斐甲斐しく、優しかった。ヒデコほど激しくないし、靖子ほど厳しくない。ちょうどよく女性的で、ちょうどよく人間味がある。セックスもちょうどよく変態的で、全てがちょうどよく私にフィットする心地よさがあった。この心地よさは、安住するに相応しく、私は今度ばかりは最後の恋愛の相手として、晴美と一生を添い遂げたい気持ちにすらなった。だが、ある感情が私を邪魔して、それもままならなかった。


ある日、晴美は私に心理テストを出した。

「森の中に小さな家があるねん。その家のテーブルにローソクが立ってます。何本立っていて、それはどんな燃え方、もしくはそのローソクの太さはどんなですか？」

「何それ？」

「心理テストやねん。答えて」

「ううんとね、普通のよくある太さのローソクが三本燃えている」

「……やっぱりな」

「何？」

「あんな、それは現在の恋愛感情とその気持ちの大きさを示しているねん」

「どういうこと？」

「要するにジュリは、今三人好きな人がいて、激しくもなく乏しくもなく、普通の愛情度合いやねんな」

「……え」

「やっぱジュリとは付き合わんとこ。私は一人の人のことをほんまにちゃんと愛してくれる人じゃないと付き合われへんわ」

「ハルちゃんはなんて答えたの？」

「私はな、一本の、ぶっといローソクって答えたわ。なんで三本も立ってるねん。三人て誰やねん」


確かに晴美を含めて三人の思い当たる人物がいた。

「ジュリは私のことなんてそんなに好きやないねんて。別に好きな人おるんなら、その人のことちゃんと愛したれよ。でも三人もおるなら微妙やな。私は無理やわ」

ほどなくして、晴美は引っ越し先を決め、荷物をまとめてうちから出ていった。出ていってからも何度も晴美の新居を訪れて、ずるずると付き合いを続けた。

「あかんて、もうセックスなんかせえへんよ」

晴美は言い張っていたが、ちょっとでも抱き合うとそのまま決まってセックスに移行した。

「ジュリとセックスすると自己嫌悪になるねん。お願いやから、もううちには来んといて」

それでも私は酔っ払うと夜中でも晴美の家に行き、無理矢理ベッドの中に潜り込んだ。

「好きな人おるんやろ。そうやって誰にでもええ顔するの、ジュリの悪いとこやわぁ。はよ私も好きな人つくらんとな」

晴美とは蜜月でいた期間は短かったが、家が近いこともあり、別れたあとも毎日のように連絡をとり合い、共に食事をし、一緒に寝た。

ローソクの三人とは、一人は晴美、一人は忘れられない靖子への慕情、もう一人はその年の春に一目惚れした遠い国のお姫様だ。

「しかし、私にとっては愛する人はみんな、姫なのだ」

私が断言すると、晴美はおののいた。

「ひや、女の子は誰でも自分がお姫様でいたいねんで。そんでもって男の子は何人も姫がおったらあかんねん。一人の姫じゃないとあかんねん」

「ん？　私、女の子だけどね」

「そやな。余計にタチが悪いわ。だからって、何人も側室抱えてもええんか？　第二妃、第三妃もおるのか？　ま、本人がそれでもええならええけど、私は第二、第三になるのは御免やよ」

「ハルちゃんはセフレかな」

「うわっ。最悪や」

「冗談だよ」

「ま、今はそれでもええわ。堪忍しとこ。でもな、私はちゃんと私のことだけを后《きさき》にしてくれる〝うちのええ人〟を見つけたるからな」

晴美はだんだんと極道の妻のような変な関西弁になってきた。

「覚えとけよ」

ますます妙なイントネーションで、全く威嚇のない可愛いらしい声で晴美は言った。私は晴美の、耳心地のよい、優しい関西弁も大好きだった。

二〇〇六年二月、二十七歳になった私は十年ぶりに海外旅行に行くことになった。たった十日間のニューヨーク旅行であったが、それは一九九七年に演劇を始め、二〇〇〇年に毛布教を旗揚げして以来、疲弊しつづけた体と精神を慰労するに相応しく、また淀んだ恋愛のカオスからも解放されるようだった。まさしく人生の休暇を得たのであった。東京を離れて海を越えるだけで、演劇を忘れ、借金を忘れ、毛布教を取り巻く全ての人間関係を忘れることができるなんて、私は生まれ変わるような気分で旅行を満喫した。日常と交信しなくていいなんて！　最高！

私は、仕事も恋愛も本当は大嫌いなのかもしれない。いや、九年間で大嫌いになってしまったのかもしれない。

私は疲れている！　もうなんにもやりたくない！

私は川を流れる葉っぱでいいのだ。転がる石でいいのさ。一生開かない貝でもいい。暇がほしい。暇したい。暇と心中したい。一番ほしいのは暇だ。きっと誰も愛してない。私は暇を愛している。しかし暇を恐れている。人生の隙間を恐れている。恐れるあまり逆行しているのだ。お金を稼ごうと思えば借金が増える。一人の人を愛そうと思えば愛しきれずに恋人が増える。演劇に時間と生命をかける。何もかもが飽和状態だ。ええい、こんなもの！　全部ニューヨークに捨ててきてしまえ！　自由の女神に全てを捧げる。代わりに私が自由だ！

借金はない、演劇はない、愛する人はいない。と思いながらも、三人の想う人にはきっちりとお土産を買った。煩悩だなぁ。

しかし、暇を得た。隙間を得たのだ！

日本に帰ったら、演劇を辞めて、恋愛をやめて不能になろう。

隙間だらけの生活を送るのだ。


帰国して一番に出迎えてくれたのは、晴美だった。晴美がつくってくれた鍋焼きうどんを食べながら、しばらく私は不能になるから、セックスはできない旨を伝えた。

「なんで？　セックス好きやろ？」

「好きだけど、もうしない」

「ほんま？　どしたの急に」

「もう演劇も辞めるんだ。恋愛もしない」

「じゃ、何するん？　バイト？」

「バイトなんてしないよ。なんにもしないの」

「なんにもしないでどうやって食べていくねん？」

「食べないんだよ何も」

「死ぬで」

「あのね、生きるために人は食べることを選んだんだけど、食べるために人は人を殺すようになったんだよ。戦争が生まれたんだ。食べるために豊作を祈るための宗教やアートが生まれた。だから食べなければ、何もしなくていいんだ」

「ほな、今鍋焼き食べてるのはなんで？」

「お腹が空いてるから。この鍋焼きは争わなくても食べることができるから。争わなくても食べていける、生きていける方法が一つだけあるのだね。なんだろう？」

「私がつくってるからやろ」

「そう、それはまさしく愛だね。愛があれば食べていける。生きていける。答えが出たよ」

「ほう」

「でも、愛を持続するためにはまた争いが必要なんだ。私は争いは嫌いだ。争いをするくらいなら、愛なんていらない。だから愛のない食事がほしい」

「つまらんなぁ」

「つまらなくて結構。面白いことばかり求めていると頭がオカしくなりそうだよ。あぁ、鍋焼きはおいしいなぁ」

「勝手やね。鍋焼きならいつでもつくったげるから、食べたくなったらいつでも電話しいや」

「電話……交信するのはもうたくさんだ」

「大丈夫かい？　ニューヨークで何かあったんかい？」

「心を置いてきてしまったのだよ」

「ほえ」

「心のないつまらない人間だけど、それでもよければ、またご飯を食べようね」

ズズズっとスープを飲み干す。

「ごちそうさま！っと」

「あんな、ジュリ」

「何？」

「私好きな人できてん」

「そうなの？」

「仕事先の人な、めっちゃいい感じやねん」

「じゃ、その人と付き合うの？」

「うん、まだわからんけど、たぶん付き合うと思う」

「そっか、そっか。それはいいことじゃない。私なんかとダラダラと付き合ってたら、晴美の女盛りがもったいないもんね」

「だからジュリとは友達や。もうキスもせえへんよ」

私はまた一人恋人を失った。もう恋なんてしないと誓ったばかりだから、それもまた仕方あるまい。

そして晴美は思い出したように、余計なひとことを付け加えた。

「ペニバンも捨てなあかんで」

………はい。

最終章

四次元の人

演劇と恋愛を忘れて十年。私は路傍に転がる石のごとく、道端で生活をしながら、遠い国のお姫様に宛てた恋文を書き連ねていた。四百字詰めの原稿用紙に一日一枚、年末年始とゴールデンウィークはお休みして、一年に三五五枚のラブレター。十年で三五五〇枚。そのうち白紙の原稿用紙が十枚ほどある。何も思わず何も生まない日が年に一度は訪れるのだ。そんな日はペンを置いて、瞑想する。

ヒデコはスターになった。靖子もスターになった。二人とも私がスターにしなくても、自分の力でスターになれる力を持っていた。ミヤさんはオランダでダッチワイフデザイナーとして活躍しているらしい。カズエはアンダーグラウンドで舞台女優を続けている。京野さんはウクライナ人の笛吹きと同棲しつづけている。滑川さん、島津さん、鶴巻さんは音信不通。由真には借金を返したあと、音信不通。晴美は年下のミュージシャンと結婚し、陶芸を続けている。

私は十年間のルンペン生活をそろそろ卒業して、河原乞食から再スタートしようと、汚れたコートの裾の埃をはらった。まずは偽名で、この恋文を昔お世話になった出版社に送付して様子を伺うのだ。そして海に行き、この恋文を一枚一枚海に流す。きっと環境保護団体の人からすぐにクレームが来て怒られるだろう。少しずつ情熱が生まれてきた。行動しようと思うなんて、なんの気紛れだろう。気紛れに事を始められる時が来るなんて、思ってもいなかった。

私は立ち上がった。叶わぬ恋に身を震わす。恋を歌うのだ。恋を言葉にするのだ。はじめの第一歩は昔よく踊ったボックスステップ。間抜けな動き。リズムを忘れてしまっている。膝もがくがくだ。十年間の垢にまみれたシャツを脱ぎ捨て、ズボンを脱ぎ捨てる。下着はつけていない。瞬く間に全裸になった。

朝焼け、巨大なカラスが二羽、こちらを見ている。人間のような目つきだ。ゴミ袋をつつくのを止め、私を凝視している。「鳥葬」という言葉がなぜか脳裏を過《よ》ぎった。ああ、私は無法者のカラスに肉を食いちぎられ、目玉をくり抜かれ、骨を風にさらされ、儚くも空気に消えていくのだ。カラスに殺されるなんて！　しょぼい！

私は走りだした。猛ダッシュだ。今度は私が風を切る番、土を踏みつける番、スタタタタタとスピードを上げる。十年間エンジンを切っていたポンコツ車両だが、スピードの記憶を戻すのは早かった。朝のラッシュタイム、駅に向かう人々と逆行して、カラスの群れから脱出をはかる。

カラスはもうついて来なかったが、私は走りつづけた。カラスの代わりに今度は警察官が私を追いかけてくる。ちょっと待ってよ。服着りゃいいんでしょ。私は道行く適当な女性をつかまえ、服を剥いだ。あぁ、これでは窃盗だ。犯罪を犯してしまう。服はいらぬ。全裸でも警察官に追いかけられない国、アフリカ大陸を目指そう。その前に銭湯に寄っていこう。道を走れば、小銭くらい集められるもんだ。

驚くほど、私はものすごく足が速かった。警察官を撒いて、営業中のサウナ浴場に飛び込んだ。バッシャーン！　みるみる垢が浮いてきた。隣で入浴中の水商売風の女性は鼻をつまんで、一目散に逃げていった。

いやぁ〜気持ちいい。ピカピカに体を磨いて、きれいさっぱりで風呂から上がり、レンタルしたバスローブのまま、再び街に出た。

ここはどこだろう？　私は陽の向かう方向に歩きだす。アフリカに行くって言ったってパスポートを持ってない。家に帰ろうか。いや家はない。私は十年前にお世話になっていた夫婦の家がある、代々木に向かった。

山手通り、初台坂下を左折してすぐのところに確か夫婦が住まうマンションがあるはずだ。

マンションは十年間変わらず健康的に建ちつづけている。エレベーターに乗り、最上階の七階で降りる。七〇七号室。表札には「兼子信雄・信子」の文字。指でその懐かしい名前を撫でてみる。インターフォンを押すより先に、ドアが開いた。


「あら」

「あ」

「あらやだ」

「あ」

「え？」

「あぁ」

「まぁ」

「すみません」

「重信さんじゃない」

「あ」

「いやー」

「えぇ」

「びっくりした、えぇ？」

「すみません」

「何年ぶり？」

「え」

「ちょっと今兼子は出ているんだけど、よかったら。あ、私も今買い物に出かけようとしてたんだけど、あ、どうしましょう？」

「つい、来てしまいました」

「あ、まぁそれはわかりますけど。お元気？　……って聞くのもねぇ」

「信子さんは、お変わりなく」

「重信さんバスローブじゃないですか？　お風呂入りたて？　シャンプーの匂いがしますね。とりあえずお茶でも入れましょうかね」

十年の歳月がまるで嘘のように、信子さんは平然と私を部屋に入れてくれた。

「兼子に電話しますね。あ、でもお茶が先がいいかな」

「お構いなく」

「お構いなくっていうかね」

「椅子に座っていいですか？」

「どうぞ、もちろん。お風呂は入ったんですよね」

「えぇ、さっき」

「シャンプーちゃんと落としました？」

「はい、たぶん」

「ひょっとしてビールの方がいいですか？」

「ビール！」


ビールだ！


「ビールお好きでしたよね？」

「好きでした。飲みたいです」

「ですよね」

信子さんは冷蔵庫からエビスビールを取り出し、グラスに注いでくれた。

「あ、ま、とりあえず。乾杯でいいのかな」

「いただきます」

ゴクゴクゴク。

「いやぁあああ！　おいっしいっ！　うわあああああ！」

私は急激に興奮し、そのまま卒倒して意識を失った。

演劇をやっていた時のビール、舞台を終え一杯目に飲むビール、恋人と向き合って乾杯したビール、一人で夜中に飲むビール、昼間に散歩しながら飲むビール。ビールを巡る様々な過去の記憶が頭の中で逆回転していく。


二〇〇六年四月、私は小説を書いていた。十日間のニューヨーク旅行から帰国して間もない頃だ。私はある女性に恋焦がれ、毎日のようにメールで交信しつづけていた。夜な夜な、執筆に向かおうとパソコンの前に座りながら、パソコンのキーではなく、携帯電話の数字キーを押しつづけていた。小説を放ってメールを打ちつづけた。交信すればするほど、恋情は深くなる一方で、思いの丈は言葉で言い尽くせず、歌にしても足らず、あらゆる表現をしても足りず静かに悶えていた。一方的な私の片思いだ。だが、恋が実るのも怖かった。私が表現を続けるためには、永遠に片思いでいる方が、健全なことかもしれないとすら思ったものだ。食べるためではなく、愛のために芸術を生みたいと願ったからだ。愛するための芸術だ。私が熱烈に思慕するその女性を、私の芸術そのものにしたかった。

私が恋に狂い、全てを投げ出したのはその時からだ。一生振り向かないでいてほしい、一生振り向いていてほしい、善と悪、天国と地獄、喜びと絶望、聖と俗、S極とN極、世界の両極端を行き来して、脳内が爆発してしまいそうだった。

結果として、彼女に送りつづけた私のメールの言葉は陳腐なものだった。私は今までの恋人達にしてきたように、恋人になるためにひたすら口説いたものだが、その「口説く」という行為がどうにもこうにも歯痒くなってしまう。彼女の前だと「口説く」という行為が下世話に感じて、挙げ句「好きです」という言葉すらとても言えなくなってしまった。「好きです」では安い、足りない。「愛してる」というのもわからない。何も言えなくなってしまった。そうして、私から言葉が消えた。

言葉を失ったあとには体が消え、私は演劇を辞めた。情熱を捨てた。私の愛する人は実在せず、脳の中だけで生きている。私は自由に、誰にも伝えることのないラブレターを書きはじめたのだ。

「兼子が帰ってきましたよ」

信子さんに揺り起こされ、十年ぶりに兼子さんの姿が飛び込んできた。十年前と全く変わらず同じ姿の兼子さん。歳をとっていないかのようだ。

信雄さんとは十五年前、私が演劇に無我夢中になってまっ逆さまだった頃だ、六本木のショーパブのオーナーだったクワバラさんを介して知り合った。そして信雄さんがアル中を克服したその二年後、私の劇団毛布教で数年間、共に演劇活動をした仲間であり、奥様である信子さんと共に、いつも私を家族のように支えてくれた人だ。千葉の実家に住まう実の両親とは生き別れのように決裂状態だった当時、私は兼子家を「東京の私の実家」と頼って、救いを求めたい時には必ず訪れて、あたたかい食事をご馳走になっていたのだ。

信子さんと同じく、信雄さんも十年振りに姿を見せた私にさほど動揺せずに、全く相変わらずの調子だ。

「あ」

「あ」

「どうも」

「どうも」

「や、ほんとに重信さんだ」

「ご無沙汰しております」

「イキナリいらっしゃるんですね」

「すみません」

「お腹空いてます?」

「はい、空腹です」

「白いご飯を」

「食べたいです」

信子さんは、鮭のムニエルとプリプリした海老が入った中華料理、小松菜のお浸し、それからお新香とご飯とお味噌汁を食卓に並べてくれた。

「明太子もありますよ。お好きでしたよね」

「ビールももう少し飲みますか」

信雄さんが立ち上がった。

二人が甲斐甲斐しく私を気にかけてくれる姿を見て、十年前の記憶がまたうっすらと蘇る。

私は徐々に緊張をほぐしていった。

「でもほら、重信さんさっきビール飲んで吐いちゃったから」

「あ、いただきます」

「ほんと？　大丈夫？」

私は箸を持ち、並べられた料理を一つずつ吟味するように眺めた。信雄さんが冷蔵庫からエビスの缶ビール取り出し、私の前に置かれたグラスに注いだ。

「あ、もうすぐオリンピックの開会式が始まりますね。テレビ、つけましょうか」

信雄さんがテレビをつけた。

二〇一六年、景気がぐんぐんと高揚し、一九八〇年代のバブル期が再来したかのような異常な熱気で東京中が盛り上がっていたことは、路上生活者の私にもよくわかった。そうかオリンピックだったのか。

「覚えてますか、十年前、重信さん十年後の東京オリンピックの開会式の演出をするんだって仰ってたの」

優子さんが明太子を持ってやってきた。

「のたまってましたね、私元気でしたね」

「結局福岡は落選しちゃって」

私は明太子を箸で掴み、口に運んだ。

「でも、福岡にはおいしい明太子があるから、幸せです」

テレビ画面を見ていた信雄さんが口を開く。

「もう間もなく始まりますね。開会式」

「誰が演出しているんですか?」

「知りたいですか?」

「知りたくないです」

「じゃ、消しましょう」

信雄さんがテレビを消した。

「ま、まだ生きているうちにオリンピックは何度も訪れますからね」

信雄さんが、私をフォローするように言った。

「いえ、大丈夫ですよ。気になさらないで」

私は海老の卵白和えに手をつけはじめた。

「しかし、とはいえ、悔しい気持ちをやっぱり感じるもんなんですね、十年間演劇を捨てていたはずなのに、いやはや自分でも驚きです」

「ま、でもまた演劇はやろうと思えばいつでもね」

今度は信子さんが言った。

「やりますよ、また。百年は続けますから」

私は頑として言い放った。だから今日、起き上がったのだ。

私の闘志に二人は顔を見合わせた。

「なんだ、やる気なんですか？」

「ま、でもま、落ち着いてゆっくりね。焦らない方がいいですよ。重信さんスピード出し過ぎで昔よく失敗してたから。とにかく今は落ち着いて。あ、ずっと落ち着いてましたかね？」

「はい、じっくりと。今は福岡においしい明太子がある幸せを思い出し、その明太子が今私の目の前に届いている幸せの巡り合わせを考えながら、幸せに浸っています」

「え、え？」

「海老もおいしゅうございます」

その時、左奥の部屋の本棚に飾られた、「実在するはずのない」姫と、その横に肩を並べた私の写真が私の目に飛び込んできた。

「姫だ！　うわあぁ！　姫だ！」

私はイスから飛び跳ね、勢い余って床にしりもちをついた。

「あわわわわわ……」

白い泡まで吹いた。それは口にしていた海老の卵白和えだ。

信子さんは微笑む。

「我が家のお守りですよ。お二人の写真は毎日磨いております。我が家に訪れた記念ですもの」

「うむ」

信雄さんが強く頷く。

「お二人とも、この当時は初々しくって、とっても微笑ましかったのを覚えています」

「うむ」

「ところで重信さん、あれから小説の方は書き終えたのですか？」

姫に出会ったのは十一年前の二〇〇五年の春、私が仕事で関わった映画の現場で、姫は美術セットに組まれたステージの上で踊っていた。その刹那は強烈であった。この世のものとは思えない美しさ、その美のエネルギーは宇宙にまで広がっていくようだ。あれは宇宙人？　私はしばらく放心して、月にタッチして帰ってきた。その姿、その一挙手一投足に釘付けになり、たちまち一目惚れをした。あれは人間ではない、アートだ！　太陽系に増えた新しい星だ！　銀河も自由に行き来する彗星だ！

姫は私にとってしばらくは恋愛の対象ではなく、脳内の宇宙観測の対象であった。そのまま想っていればよかったのだ。だが、タガが外れ、私に欲望が芽生えたのだ。私がニューヨークに全てを捨てて帰国してからすぐ、生身の姫に出会ってしまったのだ。

脳内から飛び出し、現実の目の前に現れた姫は、それはもう姫以上姫未満もなく、姫中の姫。愛媛。

姫！

姫が、私の友人夫婦である兼子夫妻と旧知の仲であることを知り、たびたび、兼子邸にて晩餐会が執り行われた。私は王子然と、姫に求婚しつづけたのだが、それも結局叶わなかった。

そして、姫との愛は夢と散り、十年間の隠遁生活に突入するに至ったのだ。


「姫は元気ですか？」

「相変わらずキチガイです」

信雄さんが答える。

「重信さん、それで小説の方は」

「今も書いてますよ！」

私は声を上げた。

「姫との愛に結末がつかないと終らないんです！　もう三千枚以上書きました。でもそれは海に流します。いや、海に流すと怒られそうなんで燃やします。ていうか別に食べたっていい！」

「まぁまぁ落ち着いて」

信雄さんが堰《せき》を切る。

「姫を呼びましょうか？」

「えっ……」

「来ますよ、たぶん。タクシーで」

「えっ」

「そうね、その方がいろいろ落ち着くわよね」

信子さんは電話を取り、交信を試みはじめた。


それから三日が経ち、兼子家のインターフォンのチャイムが鳴らされた。

「来たな」

信雄さんがニヤニヤと玄関に向かう。信子さんが苦笑いをしながら言う。

「遅かったですね。三日待ちましたよね私達。まぁでも十年振りに会うんだから、三日くらい仕度に時間がかかるのも姫なら仕方ないですかね。むしろ姫にとっての三日は奇跡的なスピードじゃないですかね」

私は手を組み、足を組み、足の指と指をさらに組み、頭をひねらせ、顔が引きつるのを押さえながら、全く落ち着かずに姫が部屋に入ってくるのを待った。

窓の外にちらと目をやった。夕暮れ時であった。

「もうすぐ、夜ですね」

「昼間は会えないんですよね」

「えぇ、紫外線に浴びると身が滅びてしまうとかなんとかで、陽が出ている時間には決してお会いできなかったのです」

「大変な方ですよね」

それから五分が経過した。兼子家の廊下は五百メートルほどある。なぜここまできて牛歩か。

「でも重信さん、どうして急に戻ってこられたんですか？　なんて聞いてもいいですか」

「気まぐれ、と言いたいところですが、姫と約束していたのを思い出しました。先程、ビールを飲んで、あたたかいご飯を食べて、思い出したのです」

「はぁ」

「私は姫に十年間は片思いを続けると」

「なんで十年？」

「ざっくりと、なんとなく口走ったものです」

「真意はなく」

「ありません、なんとなくの十年です。流れゆくままの十年でした」

「葉っぱになりたい、ってよく仰ってましたものね」

「葉っぱは無理ですね、やはり私は人間ですから。愛を思い出すんです」

「なるほど。それで思い出したんだ」

「十年想い続けたら、その時は、と」

「どうなるんですか」

「どうなるとも言ってませんでしたね」

「まぁ」

「またその時考えましょう、と」


そして、リビングのドアが開いた。

オリンポス神殿が見えた。

姫だった。

姫は廊下の向こうまで裾が伸びた、重厚で濃密な十二単を纏《まと》い、顔も髪の毛も指の先まで全身、その姿全てが燦然《さんぜん》と光り輝いている。その輝きと美しさは十年前と何も変わらない。何も変わっていない。

信雄さんは姫の前を歩き、姫に照明を当てている。そうして明かりを当てたまま、姫の横に一歩下がった。

姫が出た。

「ズドラーストヴィー」

姫の第一声はロシア語だった。驚きもせず、私はすぐ真似る。

「ズドラーストヴィー（こんにちは）」

姫との再会に、照れも恥じらいも忘れて呆然となる。姫の声はひばりのように美しい響きで空の向こうから聞こえてきた。甘いミルクとやさしいハーブのように豊かな姫の匂いは風と共に伝わってきた。本物だ。現実だ。

ほんのり頬を赤らめながら姫は、なおもまだロシア語を続けた。

「カーク・ヴィ・ジヴョーチェ（ごきげんいかがですか？）」

「スパシーバ・ハラショー（ありがとう元気です）」

私も負けてない。ロシア語なんて喋ったことはないが、脳からロシア語がすらすらと溢れてくる。十年の月日は言語を凌駕する、無音の交信だった。

私はゆっくりと姫の手をとり、リビングのソファに招き入れた。もうロシア語は出てこなかった。

「とりあえず、ビールでよいですか？」

「はい」

そこが兼子邸であることも忘れ、今、地軸のてっぺんに二人で立っている気分だ。

それから先はどうなるかわからない。

つまり、姫との恋愛は結末を迎えず、しばらくは永遠だ。

私の人生もまだまだ続く。

この作品はフィクションです。実在の人物・団体等とは一切関係ありません。

股間

2006年8月10日 初版第1刷発行

著者	江本純子
編集	浅原裕久 加藤基
発行者	孫家邦
発行所	株式会社リトルモア
	〒151-0051 東京都渋谷区千駄ヶ谷3-56-6
電話	03-3401-1042
FAX	03-3401-1052
e-mail	info@littlemore.co.jp
URL	http://www.littlemore.co.jp

DTP	株式会社昇友
印刷所・製本所	凸版印刷株式会社

Printed in Japan
ISBN4-89815-182-5 C0093